Luiz Puntel

Um leão em família

Ilustrações
Lélis

Texto revisto pelo autor especialmente para esta edição

Um leão em família
© Luiz Puntel, 2002

Diretor editorial	Fernando Paixão
Editoras	Carmen Lucia Campos
	Claudia Morales
Editor assistente	Fabricio Waltrick
Preparador	Agnaldo Santos Holanda Lopes
Redação	Baby Siqueira Abrão (Apresentação)
	Fabricio Waltrick (seção "Quero mais")
Coordenadora de revisão	Ivany Picasso Batista
Revisora	Fernanda Magalhães
ARTE	
Projeto gráfico	Marcos Lisboa
	Suzana Laub
	Katia Harumi Terasaka
	Roberto Yanez
Editora	Suzana Laub
Editor assistente	Antonio Paulos
Pesquisa iconográfica	Lia Mara Milanelli
Editoração eletrônica	Divina Rocha Corte
	Moacir Matsusaki
	Eduardo Rodrigues
Edição eletrônica de imagens	Cesar Wolf

CIP-BRASIL. CATALOGAÇÃO NA FONTE
SINDICATO NACIONAL DOS EDITORES DE LIVROS, RJ

P984l

Puntel, Luiz, 1949-
   Um leão em família / Luiz Puntel ; ilustrações Lélis. - 1.ed. -
São Paulo : Ática, 2002
      136p. : il. - (Quero Ler)

    Contém suplemento de leitura
    ISBN 978-85-08-08273-5

   1. Novela infantojuvenil. I. Lélis, Marcelo. II. Título. III. Série.

10.2566.   CDD: 028.5
                                           CDU: 087.5

ISBN 978 85 08 08273-5 (aluno)
ISBN 978 85 08 08274-2 (professor)

2024
CAE:219041
OP:248575
1ª edição
10ª impressão
Impressão e acabamento:Bartira

Todos os direitos reservados pela Editora Ática
Av. Otaviano Alves de Lima, 4400 – CEP 02909-900 – São Paulo, SP
Atendimento ao cliente: 4003-3061 – atendimento@atica.com.br
www.atica.com.br

IMPORTANTE: Ao comprar um livro, você remunera e reconhece o trabalho do autor e o de muitos outros profissionais envolvidos na produção editorial e na comercialização das obras: editores, revisores, diagramadores, ilustradores, gráficos, divulgadores, distribuidores, livreiros, entre outros. Ajude-nos a combater a cópia ilegal! Ela gera desemprego, prejudica a difusão da cultura e encarece os livros que você compra.

Um leão incomoda muita gente

Gato, cachorro, galinha, passarinho, peixe. É, cada pessoa tem lá seu animal de estimação. Mas Danilo exagerou. Levou para casa um filhote de leão que encontrou abandonado e o escondeu no quartinho de despejo do fundo do quintal.

Mas o bichinho cresceu, cresceu e, depois de um tempo, não havia mais como escondê-lo.

Aí você pode imaginar a confusão que o leão provocou. Na casa de Danilo, na escola, na vizinhança, na cidade onde ele morava. Todo mundo só falava disso. E, é claro, todos tinham medo do leão e não se sentiam seguros com ele por perto. Só que Danilo não queria ficar sem seu amigo e estava disposto a fazer qualquer coisa para não se separar dele.

A partir de então começou uma grande aventura. Será que Danilo conseguiu manter o seu "bichinho" de estimação a seu lado? Para descobrir como essa aventura terminou é só viajar na leitura deste livro.

E não acaba aí: depois da história, veja informações sobre o leão, outros animais e muitas outras curiosidades.

Sumário

1. Brincando de mocinhos | 7
2. Olhe, Batatinha, o gato dos bandidos! | 10
3. Um cemitério no quintal | 14
4. O gato comeu a língua de Danilo | 18
5. Um ladrão no quarto de Danilo | 19
6. Ilídia investiga quem tomou o leite | 21
7. Mas quem é Juvenal Jr.? | 23
8. Aterrissagem forçada | 26
9. Amigão? Por que não? | 29
10. Uma oportunidade que escapa pelos dedos | 32
11. Leite aduba a terra? | 34
12. Um rato denuncia Amigão | 35
13. Chefe, tem um leão lá em casa | 39
14. Super-homem de meia-tigela | 42
15. À procura de um caçador | 45
16. Um caçador desarmado | 49
17. Batatinha podia caçar um tigre | 51
18. "Bobes" na cabeça de Amigão | 53
19. Um vulto na madrugada | 55

20. O dia a dia de Amigão | 57

21. Amigão leva olé do galo índio | 59

22. Uma comissão em pé de guerra | 62

23. Uma corrente para Amigão | 65

24. Um muro que se levanta | 67

25. O vulto ataca outra vez | 68

26. Todos correm risco de vida | 72

27. Um vulto rouba Amigão | 75

28. Embaixo da cama | 76

29. O sumiço de Danilo e de Amigão recontado | 80

30. Socorro! Um leão! | 81

31. Palavrões | 84

32. Adolfo sai à caça dos fugitivos | 86

33. Proteja o leão! | 91

34. Mais complicações | 96

35. Más notícias para Ludmila | 99

36. Rezem para ele não ter morrido | 101

37. Batatinha até se esquece da franja | 103

38. Danilo está morto? | 105

39. Pescadores amigos | 106

40. Onde estou? | 108

41. Falando sem parar | 110

42. Uma tal de opinião pública | 112

43. Resolução difícil | 114

44. Vou sentir saudades de você | 119

45. Uma família para Amigão | 122

46. Você não sabe que dia é hoje? | 125

Quero mais | 129

Brincando de mocinhos

— Danilo, lá vêm os bandidos! Vamos fugir!

Danilo, um loirinho sardento, de cabelos lisos, olhou na direção da curva onde apontaria o trem. Vendo que ainda havia tempo, reclamou com o amigo:

— Danilo não, né, Batatinha! Não combinamos que eu sou o Cavaleiro Intrépido?

— Combinamos, Cavaleiro Intrépido, mas você está demorando muito com os explosivos e o trem dos bandidos já vem vindo.

Batatinha, pequeno e roliço, daí o apelido carinhoso, estampava a impaciência em seu rosto, ao mesmo tempo que afastava a franja que insistia em lhe cair sobre os olhos.

— Tudo bem! — Danilo, empostando a voz, como nos filmes dublados, demonstrava calma. — Vamos explodir os trilhos, parceiro, parar o trem, resgatar o ouro que os bandidos roubaram, salvar a mocinha Ludmila e dar o fora daqui...

– Você falou em libertar a Ludmila, mas não falou em libertar a Carol! – Batatinha reclamou quando Danilo já estava perto dele, os dois escondendo-se na moita próxima à linha férrea.

– Desculpe-me, Batatinha! Lógico que vamos libertar sua namorada também...

– Batatinha não! Se você é o Cavaleiro Intrépido, eu sou o Espora Dourada.

– Desculpe-me. Você tem razão, Espora Dourada! Talvez seja o nervosismo da espera... – Danilo voltava a empostar a voz.

– Será que o explosivo vai funcionar, Cavaleiro Intrépido? – Os dois mocinhos voltavam a se entender.

– Vamos torcer para isso, parceiro!

O trem apitou forte, aparecendo na curva, pedindo passagem, avisando que se aproximava do cruzamento em nível. Os meninos sabiam que logo depois ele faria uma rápida parada na estação da cidade, lá retomaria seu curso em direção a Ribeirão Preto, maior cidade da região, e depois seguiria rumo a Minas. Mas ali, para eles, tratava-se do "trem dos bandidos".

Quando os quatro ou cinco vagões cargueiros chegaram ao local exato, os dois mocinhos se esconderam ali perto. Em seguida, colocaram as mãos em concha na boca, fazendo um barulho de explosão:

– Bummmm!!!

O trem continuou firme, impávido colosso, em seu trajeto, mas eles, na sua imaginação, davam-no como descarrilado.

– Vamos correr e recuperar as barras de ouro, Espora Dourada! – Danilo ordenou a Batatinha.

– Sim, chefe! É pra já...

Saindo do esconderijo, os dois, olhando cautelosamente para os lados, chegaram até os trilhos.

– Veja, chefe! – Batatinha, sempre ajeitando sua franja, apontou as cinco tampinhas de refrigerante amassadas contra os trilhos. – Cinco barras de ouro!

– Tem mais cinco deste lado, Espora Dourada! – Danilo gritou, feliz, como se realmente achasse barras de ouro no lugar das tampinhas que eles mesmos haviam colocado ali.

– É o carregamento dos bandidos! Vamos levá-lo para o delegado! – Batatinha, deixando seu papel de subordinado, ordenou.

– Nós não combinamos que eu era o delegado, Batatinha? – Danilo reclamou, demonstrando, pela fisionomia, estar sendo traído pelo companheiro.

– É mesmo! Me desculpe!

– Está bem! – Danilo respondeu chateado, o incidente acabando de quebrar o encanto do mundo do faz de conta.

Recolhendo as tampinhas do trilho, ainda quentes pelo atrito com os vagões, Danilo sugeriu:

– Vamos embora pra casa, vai! Tá ficando tarde. Ainda tenho que fazer a lição de casa.

– Também tenho que fazer a lição de matemática. Não sei nada daquele negócio de fração...

2 Olhe, Batatinha, o gato dos bandidos!

Os dois já iam caminhando pela linha férrea, equilibrando-se nos trilhos, quando viram uma moita se mexer, não longe dali.

— Psiu! — Danilo exigiu, levando o dedo indicador à boca, em sinal de silêncio.

Voltando a encarnar o mocinho de brincadeira, falou:

— Deve ser um dos bandidos que saltou do trem e está querendo fugir com a Ludmila…

— Não, quer fugir com a Carol! Por que tem que ser a Ludmila?

— Tá bom, Espora Dourada, quer fugir com a Carol…

— Danilo! — Batatinha, no momento seguinte, queria chamar o amigo à realidade. — Se a moita se mexeu de verdade, é porque tem mesmo alguma coisa ali, não é de mentirinha, não…

— Talvez uma cascavel, Espora Dourada! Essa região está infestada delas! Lembra-se que outro dia o Pirulito, seu cavalo, foi picado por uma? — Danilo continuava a brincar de mocinho, não se dando conta de que Batatinha poderia estar com a razão.

— Então vamos sair daqui depressa… — Batatinha preparava-se para se afastar do local.

— Vamos nos aproximar, Espora, isso sim! — Danilo demonstrava sangue-frio, nervos de aço, enquanto o amigo corria, tomando distância do perigo iminente.

Juntando ação às palavras, o intrépido mocinho aproximou-se, fazendo do dedo indicador e do dedão um certeiro revólver.

Quando chegou bem perto da moita, Danilo, surpreso, descobriu que não se tratava de uma cascavel, mas de um animalzinho peludo. Momentaneamente assustado, saiu correndo, alcançando Batatinha.

– Batatinha, é um... um... le... quer dizer... um ga... um gato. Isso! Um gato! – Danilo, deixando de brincar, não ousava pronunciar o nome correto do animal.

– Uai! Que susto é esse, Cavaleiro Intrépido? Você não estava atrás de uma terrível cascavel? Como pode ficar espantado com um... um... um... gato? – Batatinha aproveitou para zombar, imitando o amigo.

– Bem, não é que eu tenha medo, Espora Dourada! Apenas vim avisá-lo de que é o... o... gato dos bandidos! Vamos levá-lo como troféu. Quando eles aparecerem para resgatá-lo, a gente os prende... – Danilo, sem graça, não queria dar o braço a torcer, misturando a brincadeira com a realidade.

– Será que ele caiu do trem, Danilo? – Batatinha perguntou, quando se aproximaram novamente da moita.

– Lógico que sim. Antes do trem passar, nenhuma moita se mexia, mexia? – Danilo raciocinava.

– Não, quando a gente procurou pelos bandidos, batemos em todas as moitas, inclusive essa daí...

Ao chegarem à moita, os dois agacharam-se para ver melhor o animal. Assim que Danilo afastou, com a mão, a vegetação, Batatinha levou um susto.

– Danilo, isso é um... filhote de... le... le... LEÃO! – Batatinha estava atônito, quase sem fala.

— Ele não é bonitinho, Batatinha? — Danilo, que no primeiro momento tivera medo, agora passava a mão no pelo do filhote, encantando-se com o animal.

— Ele é bonito mesmo! Deixa eu pegar um pouquinho, Danilo? — Batatinha pediu, encantando-se também.

— Não, ele é meu! Eu vi primeiro! — Danilo respondeu, tomando posse do leãozinho. Em seguida, vendo que tinha sido muito duro com o amigo, passou-lhe o animal, mas recomendou:

— Só um pouquinho, hein? Enquanto isso, eu vou pegar um saco de estopa que vi perto dos trilhos quando estávamos brincando…

Ao retornar, trazendo o saco de estopa, Danilo notou que Batatinha não queria soltar o leãozinho.

— Batatinha, me ajuda a botar ele no saco… Quem mandou você correr de medo, achando que era cascavel! — Danilo justificava a posse do leãozinho.

— Eu acho melhor deixar esse leão por aqui! Se caiu do trem, alguém virá buscar ele e… — Batatinha estava visivelmente arrependido de ter corrido de medo da suposta cascavel. Com uma pontinha de inveja, deixava claro seu despeito.

— É nada! Se ele caiu do trem, ninguém virá buscá-lo e vai acabar morrendo aqui sozinho!… Por isso eu vou levar ele pra casa. Me ajuda, vai!

Ao colocarem o leãozinho no saco de estopa, perceberam que sua patinha estava machucada.

— Será que quebrou? — Batatinha se preocupava.

— Acho que não. É um machucadinho, olha! Talvez tenha sido da queda do trem… Em casa eu cuido dele…

3   Um cemitério no quintal

Colocando o pequeno animal no saco de estopa, os dois amigos começaram a voltar para casa, mesmo porque já estava escurecendo.

— Danilo, você não acha que vai dar rolo levar ele pra sua casa? Já pensou na hora em que sua mãe chegar da escola, cansada, tendo trabalhado o dia todo, com a cabeça quente de tanto dar aulas, e você apresentar o leãozinho para ela? — Batatinha articulava, conscientemente, um jeito de ficar com o bicho.

— Eu vou esconder ele no cemitério…

— No cemitério?

— É, naquele quartinho de despejo do quintal lá de casa!

— Eu sei. Mas você acha que vai dar certo?

— Vai! E vamos combinar uma coisa. Não vamos falar dele pra ninguém, tá?

— Fica frio! Não vou falar nem para a Carol que nós achamos o…

— Nós, não! Eu que achei… — Danilo interrompeu o amigo, já considerando o leãozinho seu animal de estimação.

— Mas, e se sua mãe encontrar ele?

— Mas ela não vai encontrar, oras!… — Danilo não sabia o que responder, nem querendo pensar na possibilidade.

– Pelo que sei, ela não gosta que vocês tenham animal de estimação... Ainda outro dia sua irmã falou que ela... – Batatinha voltava à carga.

– Não é que ela não gosta. Quando eu ainda não te conhecia, nós tivemos uma cachorrinha, a Cherri. Um dia, ela foi atropelada em frente de casa. Foi aquela choradeira. Daí em diante, minha mãe jurou que eu e minha irmã não íamos ter mais animal de estimação... Ela só não acaba com as galinhas e os patos do quintal porque a dona Ilídia gosta muito de criação e trata das aves. Por ela, ia tudo pra panela...

– Agora, imagine se ela vai querer um leão em casa!... – Batatinha ainda expressava sua inveja, mas não deixava de ser prático também.

– Eu dou um jeito, oras!

– Como, Danilo? – Batatinha queria explicações.

– Eu escondo ele no cemitério e depois, devagarzinho... Sei lá, com o tempo... a dona Ilídia me ajuda a convencer minha mãe. – Danilo procurava uma saída.

– Eu sei que faz tempo que ela trabalha na sua casa, mas será que você pode contar com ela? – Batatinha jogava sua última cartada, tentando influenciar o amigo.

– Ela é minha amigona. Sei que posso confiar nela...

Na esquina da casa de Danilo, os dois se despediram.

– Boa sorte, Cavaleiro Intrépido! Vou torcer por você. – Batatinha, engrossando a voz, já conformado, despediu-se.

– Obrigado, Espora! E não conte nada para ninguém, certo, parceiro? – Danilo respondeu, no mesmo tom de voz.

A casa de Danilo – quem mora em pequenas cidades do interior conhece bem esse tipo de construção – era dessas casas antigas, com corredores laterais separando-a das casas vizinhas. Por isso, não foi difícil entrar sem ser visto. Abriu com cuidado o portão, para que não rangesse, e passando pelo corredor abriu o portão lateral, atingindo a seguir o quintal de terra, típico de casas interioranas, com seu galinheiro, a alta mangueira, e duas jabuticabeiras.

A porta da cozinha dava para o quintal, mas Ilídia não se encontrava por ali.

"Ufa!", pensou Danilo, contente por manter seu segredinho. "Se ela me vê, ia tudo por água abaixo. O importante é manter o leãozinho escondido. Depois, com o tempo, dou um jeito."

Danilo olhou por cima das cercas vivas que separavam o quintal de sua casa dos outros quintais vizinhos. No de dona Odila, ninguém. Se a filha dela estivesse ali, provavelmente iria perguntar sobre o saco que carregava. No quintal da direita, as filhas de dona Mariinha, proprietária do salão de beleza mais próximo, brincavam sentadas próximo à cozinha. Como estavam entretidas com suas bonecas, nem se incomodaram com ele. No de dona Francisca, também não havia viva alma.

Danilo, torcendo para não aparecer nem Ilídia, nem sua irmã, atravessou rapidinho o quintal, desviou-se do galinheiro, chegando finalmente ao quartinho de bagunça. Ali era uma espécie de esconderijo, de quartel-general, que Danilo fazia questão que Ilídia não limpasse, não arrumasse, não chegasse perto.

Era nesse quartinho que ele guardava sua bicicleta velha, seu *skate,* sua coleção de tampinhas de refrigerantes que se transformavam em barras de ouro, bolas velhas, quinquilharias mesmo.

Entrando, afastou dois ou três objetos que dificultavam a passagem, colocou o saco de estopa no chão, dizendo ao leãozinho:

– Você fica aqui por hoje. É o lugar mais seguro, onde ninguém chega, nem mesmo a dona Ilídia.

Quando o animal saiu do saco capengando um pouco, Danilo lembrou que ele tinha a pata ferida e certamente estava faminto.

– Aguenta firme, que eu vou fazer um curativo e buscar um pouco de leite pra você…

Fechando a porta do quartinho de bagunça, Danilo atravessou o quintal e chegou à cozinha. Não havia ninguém por perto. Onde estaria dona Ilídia? Apurando os ouvidos, Danilo escutou o chuveiro dos fundos ligado.

“Ótimo! Ela está tomando banho!”, Danilo pensou, sorrindo e abrindo rapidamente a geladeira.

Pegou todo o leite, depois procurou na caixa de primeiros socorros pano e mercurocromo e voou para o quartinho de bagunça.

– Aqui, chaninho! Aqui! – Danilo chamou, enquanto despejava o leite no prato.

O leãozinho, que estava arredio, afastado num canto, não se fez de rogado. Aproximou-se e, baixando a cabeça, começou a sorver o leite com lambidas rápidas.

– Que fome, hein, campeão?

Em seguida, tratou da patinha machucada.

4 O gato comeu a língua de Danilo

Mais tarde, na hora do jantar, Danilo estava distante, demonstrando inquietação. Jurema, sua mãe, preocupada com o marido, não percebeu.

– Como vai a situação no banco, João?

– Nada bem, Ju! – o pai de Danilo respondeu, enchendo um copo com água.

– Vocês vão mesmo entrar em greve?

– O pessoal está falando nisso, mas não sei se terão peito pra tanto.

– Nossa, mãe, como você ficou bonita com esse cabelo!… – Taís observou, assim que se sentou à mesa, vindo do seu quarto.

– Arre! Alguém descobriu que eu existo, hein? – Jurema sorriu com a observação da filha.

– É mesmo, Ju! Desculpe a minha distração, querida! Você ficou realmente linda com essa tintura…

– Tintura, pai? Ela fez mecha, você não está vendo? – Taís tomava a defesa da mãe.

– É, aproveitei que o diretor dispensou a classe na última aula e dei uma corridinha no salão da Mariinha. – Olhando para Danilo, perguntou: – O que houve com você, filho? – Jurema viu que ele estava alheio à conversa da família.

– O gato deve ter comido a língua dele, dona Jurema! – Ilídia brincou, acabando de trazer as travessas com a comida.

– Gato? Que gato? A senhora deve estar vendo assombração!… – Danilo, pego de surpresa, respondeu com a primeira coisa que veio à mente.

— Como você é grosso, Danilo! — Taís não deixou passar a oportunidade de alfinetar o irmão.

— Peça desculpas, filho! — João ordenou.

— Desculpe, dona Ilídia!

— Tá desculpado, Branco! — Ilídia sempre o chamava assim. — Mas por que você está bravo como um leãozinho? — e a mulher afagou a cabeça do menino.

Danilo quase se traiu novamente. Preferiu não responder nada. Precisava ter mais calma, controlar melhor suas emoções, ou então todos iriam descobrir logo o seu segredo.

— Danilo, já podemos conversar? — Jurema se dirigia ao filho.

— Diga, mãe!

— O que te deu para responder assim à Ilídia? Ela é sempre tão sua amiga!…

— Já pedi desculpas, mãe!

— Tá bom! E as lições, já fez tudo, ou passou a tarde brincando com o Batatinha?

— Não se preocupe! Vou terminar agora à noite…

5 Um ladrão no quarto de Danilo

No quarto, depois do jantar, Danilo fez as lições rapidamente. Ao terminar, tirou seu diário, que escondia numa gaveta trancada, e pegando o caderno, escreveu:

O Cavaleiro Intrépido e seu grande amigo Espora Dourada aguardavam a passagem do trem dos bandidos. De repente, na curva do caminho, o trem apareceu, escoltado por vinte pistoleiros. Cavaleiro Intrépido, olhando para Espora Dourada, ordenou a seu comandado:
– Vamos acabar com eles!

E Danilo contou com riqueza de detalhes a descoberta do leão, as peripécias para trazê-lo, como o havia escondido no quartinho de bagunça…

Quando o sono veio, ele tratou de guardar o caderno, pulando para a cama.

Deitou-se e dormiu. O sono não foi tranquilo. Pelo contrário. Revirava na cama, agitado. No pesadelo que teve, sonhou que acordara de madrugada com um barulho estranho. Com medo de que o barulho fosse o de um ladrão, permaneceu de olhos fechados. E era. Do lado de fora da janela alguém começava a tentar abri-la.

"Santo Deus!", ele pensou. "Um ladrão e eu não posso fazer nada! Se pelo menos eu tivesse uma arma, um cachorro que pulasse nele, que latisse…"

Quando, no pesadelo, Danilo entreabriu os olhos, viu, no escuro do quarto, que o homem já colocava sua perna para dentro.

Foi nesse momento que, saindo do lado de sua cama, um gatão rosnou forte e avançou, pulando sobre o ladrão.

Assustado, o larápio gritou e tratou de correr em disparada.

Quando Danilo se sentou na cama para chamar o felino, percebeu que estava suando. Olhou para a janela e a viu fechada. Compreendeu, acendendo a luz, que não havia bandido, que não havia gatão nenhum.

"Ainda bem que era um pesadelo", suspirou. Mas seria pesadelo também o fato de ter achado aquele le… Ele não ousava nem pensar na palavra leão… Mas não havia escrito isso no seu diário? Seria, então, apenas uma história a mais que inventara? Ou era tudo verdade?

Sua mente estava confusa. Resolveu deixar para pensar depois. O importante, agora, era confirmar se a janela estava fechada mesmo, para evitar outras surpresas.

6   Ilídia investiga quem tomou o leite

Quando, pela manhã, Danilo – que já escovara os dentes, fizera xixi e acabava de colocar o uniforme da escola – ia se dirigindo para a cozinha, escutou a discussão:

– Mas, se não foi você, se não foi seu pai, quem foi?

– Sei lá, dona Ilídia! Vai ver que foi o Danilo…

– O Branco detesta leite… Só se foi a sua mãe que resolveu beber um litro todo durante a noite…

"Leite? Elas estão discutindo por causa do leite que alguém bebeu? Vixe! Vai sobrar pra mim… Eu esqueci que o leite era para hoje cedo e dei para o gato…" Danilo lembrava-se agora, rapidamente, do que acontecera no dia anterior.

Ele precisava pensar rápido. Não podia deixar que o desaparecimento do leite trouxesse suspeitas ao pessoal da casa.

– Que você está fazendo aí, parado no corredor? – Sua mãe abraçou-o, convidando-o para ir até a cozinha.

– Não... não é nada, mãe. Pensando na aula que vou ter hoje na escola...

– Já arrumou sua mochila?

– Tá quase arrumada!

– Então, venha, tome seu chá – sua mãe ofereceu, sentando-se e pegando o bule de chá.

– Não quero chá – Danilo recusou imediatamente.

– Não? Então não vai tomar nada?

– Eu quero leite.

– Leite!? – Todos olharam para ele: o pai arregalou os olhos, a irmã congelou a mordida em uma torrada, a mãe deixou cair o chá na mesa, Ilídia por pouco não queima os dedos no fogão.

– Leite, sim! Por que não? – ele respondeu cinicamente.

– Danilo, você nun-ca to-mou lei-te, filho! – Sua mãe pronunciava as palavras sílaba por sílaba, abobalhada. – Desde pequeno, quando você tinha aquele problema de alergia a leite...

– Pois mudei de ideia. Tomei todo o leite que estava na geladeira e me senti muito bem...

– Ah, então foi o senhor que tomou todo o leite? – Ilídia sorriu.

– Bem... Fui eu sim!

Ilídia não acreditava. Queria ver se era verdade.

– Dona Jurema, me dá dinheiro para comprar mais leite, que eu quero ver isso com meus próprios olhos.

– Eu também! – a mulher disse, tratando de arrumar o dinheiro.

– Todos nós queremos ver – João finalizou.

Ilídia foi e voltou rápido.

– Quer quente ou frio, Branco?

– Gelado! Adoro leite gelado. – Danilo não sabia o que dizer, embora demonstrasse segurança.

Colocando um copo à sua frente, Ilídia despejou um pouco do leite.

Vendo o líquido encher o recipiente, Danilo sabia que precisava demonstrar muita alegria depois de tomar aquela coisa branca.

Fechando os olhos, glub glub glub, mergulhou fundo na operação. De gole em gole, esvaziou o copo. Estalando os lábios, deu um forte arroto e sorriu para todos.

– Seu porco! – Taís fuzilou, fazendo uma careta de nojo. Sua mãe o repreendeu com energia, mas ninguém acreditava no que via.

– E, de hoje em diante, podem aumentar a cota de leite nesta casa, porque eu vou tomar bastante. Lá na escola, a professora falou que o leite é uma grande fonte de energia…

7 Mas quem é Juvenal Jr.?

Quando Danilo chegou à escola, a aula já havia começado. Como os dois se sentavam próximos, Batatinha puxou conversa com o amigo.

– Como é Danilo, conseguiu esconder o…

– O gato…? Consegui… – Danilo, olhando para os lados, com medo de que algum colega estivesse prestando atenção à conversa dos dois, adiantou-se a uma possível indiscrição do amigo, olhando feio para ele. – Consegui, mas não foi fácil. Imagina que eu…

– Você acha que sua mãe vai engolir… – Batatinha queria saber, preocupado.

– Quem já engoliu fui eu! Tive que tomar um copão de leite e ainda lamber os beiços…

– Logo você, que detesta leite! – Os dois riram, chamando a atenção da professora.

– Juvenal Jr., quer prestar atenção na aula?

Os dois não se deram por descobertos. De repente, o silêncio em volta fez com que percebessem que era com eles que ela falava. Um dos colegas, sentado ali perto, cutucou Batatinha.

– Juvenal Jr.! Quer fazer o favor…

– É comigo, professora? – Batatinha olhou, sem graça.

– Não, é com o Juvenal Jr.!

– Ainda bem que não é comigo…

– Seu nome não é Juvenal Jr.? – a professora já ia perdendo a paciência.

– Meu nome é Ba… Bata… quer dizer… é… é Juvenal Jr., sim! – Batatinha estava tão acostumado com o apelido, que às vezes se esquecia do verdadeiro nome.

– Juvenal Jr., vamos prestar mais atenção? Estou falando do substantivo doce de leite. É simples ou composto?

Danilo até teve enjoo ao ouvir o nome do doce. Não chegava o que já bebera de manhã?

No recreio, Danilo e Batatinha viram, de longe, Ludmila e Carol, amigas inseparáveis.

— Olhe lá as meninas! Vamos falar com elas? — Danilo sugeriu, Batatinha achando ótimo.

Os dois se aproximaram.

— Oi, meninas! Ontem nós falamos muito em vocês…

— Bem ou mal?

— Bem, lógico! Vocês eram as mocinhas e nós íamos salvá-las.

— Ai, que romântico! — As duas suspiraram. — E aí, conseguiram?

— A gente acabou salvando um… — Batatinha, sem querer, ia dando com a língua nos dentes.

— Cale a boca! — Danilo falou baixinho, dando uma cotovelada no amigo.

– O que vocês salvaram? – As meninas queriam saber.

– Nada importante! – Danilo não sabia o que dizer.

– O peixinho que caiu fora do meu aquário… – Batatinha emendou, sem muita firmeza.

– Ah! É, é? Vocês falam em salvar a gente e salvam um peixinho fora do aquário? – Carol colocou a mão na cintura, sendo seguida no gesto pela colega.

– Pois muito bem! – Ludmila, assumindo uma irritação passageira, mais para a gozação: – Nós só vamos voltar a conversar com vocês quando esse peixinho nos telefonar, dizendo a verdade verdadeira. – E afastaram-se, indo conversar com suas amigas.

– Tá vendo o que você fez? – Danilo ficou chateado.

– Eu acabei entornando a água do aquário, né? Eu fui tentar salvar o peixe… quer dizer, a situação…

– Eu sei disso. O pior é que eu sei disso…

8 Aterrissagem forçada

À tarde, ao fazer suas tarefas, Danilo sentiu vontade de telefonar para Ludmila, já que não estava conseguindo se concentrar nos estudos. Queria mesmo contar a ela sobre o leãozinho, dizer como ele era, falar da ternura que sentia por ele. Sabia que ela iria se entusiasmar com seu achado.

– Ludi, sabe quem está telefonando?

– Nem imagino! – ela fez de conta que não sabia mesmo, embora estivesse ansiosa por aquele telefonema.

– É o peixinho que quase morreu afogado no aquário do Batatinha!

– Nunca vi peixe morrer afogado no aquário... – Ludmila pressionava, carinhosamente, querendo saber da verdade.

– Quer dizer... no chão da casa lá dele... – Danilo desconversou.

– Danilo! Você está mentindo pra mim! O que está havendo? – Ludmila foi incisiva.

– Bem, ainda é cedo pra contar. Daqui a alguns dias eu digo...

– Então, por que você me telefonou?

– Telefonei para... para... perguntar se você fez os exercícios de Matemática. O segundo e o terceiro eu não consigo fazer...

– Danilo, você não estava querendo telefonar pro Batatinha não?

– Não, era para você mesmo! É que... ai, meu Deus, desculpa, Ludi!

– Acorda, ô! Quem está na tua classe é o Batatinha, lembra?

– Puxa, é mesmo! Desculpa, viu, Ludi! – E Danilo desligou o telefone, quase morrendo de vergonha.

Mais tarde, Batatinha foi à casa dele. Lógico que Danilo não contou o telefonema e a gafe que cometeu com Ludmila. Iria morrer de vergonha do amigo. Propôs, então, que os dois fossem brincar de guerreiros do espaço nos galhos da mangueira do quintal.

– Alô, 92,3 FM, como vai a situação? – Batatinha, com o fone do *walkman* na cabeça, pedia informações ao amigo.

– 92,3 FM respondendo. Até agora tudo bem, Base Estelar. O animal foi salvo e está se recuperando depressa. E aí, Base Estelar?

– Base Estelar falando! Já dá para você avistar as naves inimigas?

– Ainda não! E aí, sinal de inimigos no seu visor?

– Ainda não, 92,3 FM! Quando muito, dá pra ver o quarto da vizinha do meu amigo...

– Batatinha, estamos nos preparando para uma batalha interestelar e você fica preocupado em ver o quarto da minha vizinha... – Danilo deixou momentaneamente as funções de combatente das galáxias para chamar a atenção do amigo.

– É o que estou vendo daqui! – Batatinha se desculpava.

– Olhando daqui, estou vendo meu cemitério, mas vou ficar falando nisso? – Danilo exemplificou, olhando para o quartinho de bagunça.

Nesse momento, viu algo que não esperava e nem queria ver: Ilídia, lá em baixo, marchava firme, célere, em direção à plataforma de lançamento de seu foguete, ou seja, ao quartinho de bagunça.

– 92,3 FM pedindo pouso de emergência! 92,3 FM pedindo pouso de emergência! – Danilo codificou o alarme, chamando a atenção de Batatinha e já se preparando para pousar numa aterrissagem forçada.

Rapidamente, os dois, pulando de galho em galho, foram descendo, aí sim que nem um foguete, para tentar interromper a caminhada de Ilídia.

– Dona Ilídia! Dona Ilídia! – Danilo gritava, já no chão.
– Acho que quebrei a perna! Ai! Ai! Ai!

Batatinha, que acabara de abandonar seu posto de observação, isto é, acabara de pular da mangueira, já estava junto de Danilo.

9 | Amigão? Por que não?

Percebendo que os garotos fingiam, Ilídia, que parara por instantes, retomou a caminhada em direção ao quartinho de bagunça.

– Amigo, estou sentindo que a conversa que eu ia ter com ela amanhã ou depois tem que ser agora... – Danilo cochichou, fazendo sinal para ele deixá-los a sós.

– Boa sorte! Tomara que ela fique do seu lado – Batatinha respondeu, já se dirigindo para o portão da rua.

– Dona Ilídia! – Danilo se pôs na frente da mulher, interrompendo-a, nervoso, ainda ofegante pela aterrissagem forçada.

– Por que você está fingindo? Se eu não o conhecesse desde pequenininho, você poderia me enrolar, mas não me engana não, seu Danilo... Panqueca! – Ilídia, colocando as mãos na cintura, fez questão de chamá-lo dessa maneira, sabendo que isso o desmontaria.

– Por favor, não me chame assim que eu morro de vergonha! – o menino pediu, olhando em volta para saber se alguém ouvira.

O apelido recordava-lhe uma passagem de que ele não gostava de lembrar. Um dia, ao cortar o cabelo, pediu que o barbeiro raspasse tudo, só deixando uma faixa de cabelo no alto da cabeça. Chegou em casa, com aquele corte esquisito, como se fosse mesmo um *punk*. Ilídia, assim que o vira, com aquele cabelo espetado que nem vassoura de piaçaba, quando soube que era estilo *punk*, ironizou, chamando-o de "panqueca".

— Tá bom, não precisa fazer cara de choro, Branco! Mas, me conte, o que você está escondendo de mim? — Ilídia tornava-se maternal. — Escutei um barulho estranho, vindo lá do seu cemitério, e preciso saber o que é. Deve ser algum gambá escondido, já que você não deixa nem eu arrumar aquela bagunça…

— Gambá não é não, mas… Venha comigo. Tenho uma novidade e preciso de sua ajuda. A senhora promete que vai me ajudar? — Ele queria ter a certeza de que ela o ajudaria.

— Sei lá o que você está aprontando… — Ilídia respondeu, acompanhando Danilo até o quartinho de bagunça.

Abrindo a porta devagarzinho, o garoto acendeu a luz e permitiu que Ilídia entrasse para ver quem era o causador do barulho que lhe chamara a atenção.

— Que tal, gostou do meu gato? — Danilo perguntou, tratando de pegar o leãozinho no colo, esperando a aprovação de Ilídia.

— Meu Deus!… Você sabe que isso não é um gato! — Ilídia tomou o felino no colo, achando-o muito bonito. No entanto, não queria demonstrar nenhum afeto, pois sabia o desenrolar do caso. — E ele está com a pata machucada! Pobre le… — ela já se dispunha a renovar o curativo, quando Danilo a interrompeu.

— Psiu, não fala essa palavra!… — Danilo levou o indicador aos lábios, pedindo silêncio.

— Ah, deixa de bobagem, Branco! O senhor sabe que se fosse um gato já seria difícil, imagine então um leão, né?

— Lógico que sei, mas não quero nem pensar na ideia de… — Danilo ia dizer perdê-lo, mas um nó na garganta o impediu de pronunciar a palavra.

— Quando sua mãe descobrir esse leãozinho, você sabe o que vai acontecer… — Ilídia sentia uma imensa ternura pelo menino, mas tinha de ser firme. Fechando a porta do quartinho, chamou-o para irem conversar sob a mangueira. Ali ninguém os escutaria.

— Sente-se aí, Branco! — ela indicou o banco. — Vamos ter uma conversinha… Você se lembra do trabalho que a Cherri deu para todos nós?

— Eu sei, mas agora é diferente.

— Não é, não. O… o… como é mesmo o nome que você deu a ele?

— Ainda não dei… Mas sei que quero que ele seja meu amigão…

— Amigão! Por que não? É um bonito nome!… — Ilídia sorriu.

— Isso mesmo! Ele vai se chamar assim! — Danilo aprovou.

— Olha, Branco, se a Cherri dava trabalho, o Amigão vai dar muito mais…

— Não entendo, dona Ilídia!

— Você entende sim, Branco! Só que não quer pensar no que vai acontecer. Você sabe que esse animal é um leãozinho, e que ele não vai ficar desse tamaninho para sempre e…

– Dona Ilídia, a senhora me ajuda a convencer minha mãe? – Danilo não queria mesmo pensar nas consequências.

– Convencer? Como assim? – ela se fez de desentendida.

– Ora, a… a… a permitir que o Amigão… diz que seria bom que ela arrumasse de novo um animal de estimação para mim, que eu ando triste, essas coisas…

– Branco, você está pedindo que eu o ajude a sofrer logo mais e…

– Vai, dona Ilídia! Não faz essa cara de quem comeu e não gostou, me ajuda!

– Tá bom, Branco! Eu vou ajudar você. Enquanto depender de mim, vou dando leite e tratando da patinha dele. Aliás, aquela história do leite não convenceu mesmo, viu? Vou limpando as sujeiras dele, tentando escondê-lo de sua mãe. Mas procure logo uma desculpa para ele poder ficar aqui na sua casa. E precisa ser uma desculpa muito boa. Eu conheço a dona Jurema…

10 Uma oportunidade que escapa pelos dedos

Dias depois, dona Jurema, na hora do almoço, comentou com o filho:

– Danilo, a Alzira, hoje no intervalo das aulas, veio me dizer que você tem escrito boas histórias… – ela estava contente pelo elogio da professora de português.

– Verdade, mãe?

– Ela até comentou uma coisa que não entendi direito…

– O que, mãe?

– Ela comentou que você deve gostar muito de gatos… Eu não entendi, porque você nunca…

– Nunca gostou de gatos, não é isso que a senhora ia dizer, mãe? Aliás, sempre detestou… – Taís adiantou-se.

– É, achei até engraçado…

– É que… sabe, mãe… A gente muda, não é mesmo?

Estava ali o momento preciso, a hora certa de contar seu segredo, falar no Amigão. Danilo ainda olhou para Ilídia, que pareceu concordar que a hora era chegada.

Mas, nesse momento, seu pai entrou em casa, cabisbaixo, chateado, ar de cansado.

– Ju, entramos em greve!

– Isso é bom ou mal? – Danilo perguntou, querendo saber se poderia ou não contar seu segredo, já percebendo pela fisionomia do pai, no entanto, que algo de ruim estava no ar.

– Bom e ruim, Danilo! Depende muito das propostas que os banqueiros aceitarem.

– O que quer dizer isso? – Taís entendia menos ainda.

– Isso quer dizer que o papai está de férias por uns dias! – João sorriu, não querendo assustar a filha.

– Iebaaaaaa! Quer dizer que vamos viajar?

– Quem disse isso, Taís? – Danilo sentia que a oportunidade fugia por entre seus dedos.

– Não vamos viajar, filha! São umas férias diferentes… Um dia você vai entender tudo isso… Agora, deixem-me conversar com a sua mãe, tá?

Danilo aproveitou para dar uma escapada, indo ao quartinho de bagunça conferir como estava o Amigão.

Sentou-se no chão, chamou o animal para junto de si e, abraçando-o carinhosamente, começou a alisar seu pelo, falando baixinho:

— Tô chateado, Amigão! Perdi a maior oportunidade de falar sobre você. Meu pai chegou com problemas e a conversa acabou mudando de rumo... Mas logo eles vão ficar sabendo e aí você vai ficar solto pela casa. Aguenta um pouco, tá?

Nos dias seguintes, sempre que podia, Danilo voltava a ver o animal, observando sua pata, que já estava quase curada, consolando Amigão, pedindo desculpas por mantê-lo escondido.

II   Leite aduba a terra?

Numa certa manhã, quando Ilídia vinha do quintal distraída, Jurema chamou-a.

— Ilídia!

A mulher, que não sabia mentir para ninguém, quanto mais para a patroa, pega de surpresa, não conseguiu disfarçar. Sem graça, deixou transparecer que estava escondendo algo.

— O que você foi fazer no cemitério do Danilo?

— E... e... eu?

– Você não está vindo de lá?

Ilídia pensou em dizer que não, mas não sabia ao certo se a patroa a vira sair de lá.

– Bem, eu…

– Você sabe que o Danilo não gosta que você nem passe perto… Vocês já brigaram tantas vezes por isso… No bom sentido, é certo, mas já se desentenderam e…

– Limpeza, dona Jurema! – Ilídia achara uma desculpa. – É preciso limpar aquilo de vez em quando…

– Mas, o que você faz com este pacote de leite nas mãos?

– Pacote de leite? – Ilídia sentiu que a história de limpeza não ia funcionar.

– Não é isso que está nas suas mãos?

– É… claro que é… que cabeça a minha! Pois eu fui no fundo do quintal para esvaziar este leite que estava azedo… É isso, azedo!

– Por que não na pia?

– Ah, dona Jurema, fica um cheiro ruim… No fundo do quintal, ao menos, já ajuda a adubar a terra…

12 | Um rato denuncia Amigão

– Leite adubar a terra, Ilídia? Você está passando bem? – Jurema achou estranha a resposta.

– É, eu vi falar outro dia na televisão que é muito bom… – Ilídia desconversou, indo para a cozinha.

Jurema sorriu, estranhando a resposta. Não bastava a greve no banco onde o marido trabalhava, as provas dos alunos para corrigir, agora esta!

Será que Ilídia estava ficando caduca?

Mais alguns dias e a situação no banco se normalizou, a greve terminando com algumas magras conquistas salariais.

Uma certa manhã, com Danilo e Taís na escola, João no banco, Jurema, de folga em casa, viu Ilídia vindo do quartinho de bagunça. Lembrando-se do ocorrido dias atrás, estranhou novamente a atitude de Ilídia. Certamente, seria bom dar uma olhada no quartinho de bagunça para verificar o que…

Não foi preciso. Tão logo Ilídia chegou à escada da cozinha, um barulho muito forte, de coisa sendo derrubada no chão, veio lá dos fundos do quintal.

– Que barulho é esse lá no quartinho dos fundos, Ilídia?

– Deve ser um ratinho…

– Ratinho? Parece que estão derrubando o mundo…

– Pode deixar que eu vou verificar, dona Jurema!

– Vamos juntas! – a patroa fazia questão de acompanhá-la.

– Desculpe a intimidade, dona Jurema, mas a senhora tem coração forte? Coração que aguenta surpresas? – Ilídia queria prepará-la para o que ela iria ver.

– Vamos lá. Coração é o que não me falta…

Quando a empregada abriu o quartinho de bagunça, dona Jurema viu um rato tentando fugir.

– Ai, um rato! Um rato! – Não se sabia quem gritava mais, se dona Jurema ou Ilídia.

O pobre camundongo fugira desesperadamente das garras de Amigão, que estava no fundo do quartinho, escondido pelas quinquilharias de Danilo. Ao ver a porta aberta, o animalzinho nem teve tempo de roer a roupa do rei de Roma, e – zuim! – abriu uma corridinha veloz, fugindo em zigue-zague. Passando entre as pernas das mulheres, elas se desequilibraram e foram ao chão, de papo pro ar.

Com a queda, dona Jurema teve um mal-estar passageiro. Ao se recuperar da tontura, deu de cara com um leão a lamber-lhe o rosto.

– Meu Deus! Estou sendo devorada por um... LEÃO! – ela gritava.

– Dona Jurema, calma, calma! É só um leãozinho e ele só está lambendo a senhora!... – Ilídia, que tentava se levantar, acalmava-a.

– Pior ainda! Me socorre, Ilídia!...

Com os gritos, o leão assustou-se, fugindo para o canto de onde saíra, indo se esconder atrás de umas caixas.

Já de pé, dona Jurema correu para dentro de casa. Ilídia fechou a porta do quartinho de bagunça, passou pela cozinha, muniu-se de um copo d'água com açúcar e alcançou-a já na sala. Dona Jurema tremia tanto que quase deixou o telefone cair de suas mãos.

– Dona Jurema, por favor, não precisa se desesperar.

– Eu preciso telefonar para o João imediatamente! – a mulher, ainda nervosa, não dava ouvidos ao que Ilídia dizia.

– Calma, dona Jurema, eu posso explicar! O Danilo achou esse leãozinho caído de um trem, lá perto da linha.

E, como o animal estava com a patinha machucada, ele quis ajudar... A senhora sabe como o seu filho é carinhoso com os animais... – Ilídia explicava, mas em vão.

– Dona Jurema, por favor! Deixa para falar na hora do almoço. Não é um caso tão urgente!...

– Não? É urgentíssimo, Ilídia! – Jurema já completara a ligação.

13 Chefe, tem um leão lá em casa

– Jurema, você está falando sério? Um leão no quintal de casa? Mas como?... Claro que eu vou já. Não se apavore. Fique calma, que estou indo...

Quando João desligou o celular, todos os colegas da seção olhavam para ele.

– O que foi, João? – perguntou o responsável pelo setor. – Você está branco que nem cera.

– Chefe, tem um leão no quintal de casa.

– Leão? Não será o leão do Imposto de Renda? Aproveite e leve a declaração de rendimentos... – um colega ainda brincou, todos não conseguindo entender como um leão pudesse estar no quintal da casa dele.

– Jurema está correndo perigo de vida? Quer que eu vá com você? Espere um pouco que vou chamar a polícia... – O chefe ainda levantou o telefone do gancho, mas foi interrompido por João.

– Não é preciso. Pelo que entendi, parece que é um filhote...

– Mas o que um filhote de leão iria fazer no seu quintal? – o homem não conseguia entender.

– Deve ser coisa do Danilo. Enfim, não é preciso se desesperar, chefe! Eu vou dar um pulo lá e acalmar a Jurema. Pela voz deu para perceber que ela está muito nervosa.

João não demorou a chegar em casa, já que o banco não era distante. Jurema estava mais calma.

– Que susto, João! Primeiro foi um rato, que avançou contra mim e a Ilídia, nos derrubando. Quando voltei a mim, dei de cara com um leão lambendo o meu rosto. Ai! Não gosto nem de lembrar...

– Onde está o leão? Vamos vê-lo!

– Ah, eu não vou não! Ele está lá no cemitério do Danilo!

– Venha, seu João! – Ilídia tomou a frente, iniciando as explicações. – O caso é que o Danilo encontrou o leão na linha do trem e...

– Linha do trem? Mas como? – João procurava entender como o bicho tinha vindo parar em sua casa.

– Deve ter caído de um vagão, segundo ele me disse. E estava mesmo com a pata machucada... Aí o Danilo o escondeu lá no cemitério. Quando descobri, ele já tinha pegado amor no bichano, o que eu podia fazer? Até eu passei a gostar dele!... – Ela se justificava, meio sem graça de dizer que colaborara com o menino.

– Mas que coisa lindinha, Ilídia! Se eu pegar ele no colo, será que ele estranha? – João em tão pouco tempo já se afeiçoara pelo animal.

– Lógico que não, seu João! Ele é muito carinhoso. Não sei por que a dona Jurema se assustou tanto! – Ilídia percebeu que João seria um novo aliado de Danilo.

Ao ver o marido chegar na sala com o leãozinho no colo, Jurema se enervou, quase gritando.

– Leve esse leão pra fora, João! Eu tenho medo dele!

– Mas, Ju, é só um filhote inofensivo! – Não adiantava explicar. João achou melhor dar meia-volta, sabendo que a esposa não se acalmaria tão cedo.

Depois de recolocar o filhote no quartinho de bagunça, João voltou à sala.

– Pronto, Ju, problema resolvido. Eu deixei ele no cemitério…

– Problema resolvido coisa nenhuma!

– Mas, será que é perigoso mantê-lo aqui, Jurema? – O pai de Danilo parecia gostar da ideia de ficar com o filhote.

– Esse leão não vai ficar em casa, João. – Jurema afirmou, decidida. – Leão é uma fera, tem instinto selvagem e pode atacar alguém, sei lá…

– Há quanto tempo ele está aqui? – o marido perguntou, sabendo que Jurema não deixava de ter razão.

– Faz dias! Acho que duas semanas… Isso porque o espertinho do Danilo e a Ilídia ficaram de segredos… Um leão dentro de casa e a gente sem saber… – Jurema estava mesmo nervosa.

– Dentro de casa, não! No quintal… – João gracejou.

– Por favor, não me deixe mais nervosa do que já estou!

– Não seja tão severa, querida!

– Ora, João! Então não tenho razão?

– Tem, lógico que tem… Mas o que me deixa de mãos atadas, Jurema, é o carinho, a afeição que o Danilo já deve ter pelo filhote…

– Por isso mesmo! Fale com jeito, mas seja firme com ele. Eu não quero esse leão em casa.

– Está bem, vou tentar. Mas agora preciso ligar para o banco, avisar meu chefe de que está tudo bem… – João tirou o celular da cinta, digitando o número do banco.

– João, você ainda está vivo? – o chefe demonstrou bom humor ao saber que não era nada grave. – E o leão? Grandinho?… Sei, sei… Menos mal!… Eu estive pensando aqui enquanto isso, e lembrei do seu Adolfo. Acho que você deveria procurá-lo para bater um papo…

– Adolfo? Quem é ele?

– Eu sei que ele viaja muito para o Pantanal atrás de caça e pesca… Já foi até para a África. Se não me engano, na casa dele tem até leão empalhado, essas coisas! O endereço dele? Anota aí…

– Ele não tem telefone?…

– Não, não. Ele é do tipo que detesta essas coisas…

14 Super-homem de meia-tigela

Quando Danilo e Taís chegaram da escola, o garoto sentiu que algo não estava indo conforme seus planos. Sentados na sala, seu pai e sua mãe, com fisionomia de poucos amigos.

– Oi, pessoal! – ele cumprimentou, alegre, para desanuviar tensões.

Não adiantou nada.

– Danilo, sente-se aí. Precisamos conversar – o pai falou sério.

– O senhor sabe o que tem lá no cemitério? – A mãe foi incisiva.

– No cemitério? Meu cemitério? Tem minhas tranqueiras…

– Não se faça de desentendido, espertinho! – Jurema não o deixou continuar.

– Onde você arrumou aquele leão? – O pai foi bem direto.

– Leão? Que leão? – Danilo tentou desconversar.

– Não banque o inocente. O leão escondido lá no cemitério… – Dona Jurema impacientava-se.

– Ele caiu do trem, tava com a pata machucada… Eu podia deixar ele lá?… – Danilo se justificava.

Taís, que fora ao quarto para deixar sua mochila, ao ouvir a conversa na sala voltou entusiasmada.

– Você achou um leão e não me contou? – A irmã correu para o quintal, sendo seguida pelo irmão.

Enquanto isso, na sala, João tentava tranquilizar a esposa.

– Jurema, vamos com calma! Você viu nos olhinhos dele como ele está envolvido com o leãozinho?

Danilo estava preocupado com uma possível decisão negativa por parte dos pais. Por isso, correra atrás da irmã, como que para proteger o leãozinho.

– Amigão! Amigão! Vem… vem… – Danilo chamava o leãozinho para fora.

Como estava demorando a aparecer, Taís fuzilou:

– Iii, que leão mais bobo! Tem medo de gente! – ela reclamava, ansiosa. – Pensei que ele fosse daqueles bravos, que urram, que comem gente, que atacam…

– Cala a boca! A mãe já tá com vontade de mandar ele embora e você ainda fala desse jeito…

– Então, vamos fazer um trato. Ele vai ser meu também… – Taís tentava negociar.

– Que seu!… Eu que achei ele, tratei, e você vem dizer que é seu também?

Quando finalmente Amigão apareceu, Taís deixou de irritar o irmão, encantando-se imediatamente.

– Ai que lindinho, Danilo! Deixa eu pegar?

– Só se você prometer que vai me ajudar a convencer a mãe…

– Prometo, claro! – Taís faria qualquer negócio para pegar o leãozinho no colo.

Ao ver que a irmã demorava para devolver o leãozinho, Danilo apelou:

– Agora chega! Vai brincar de boneca com tuas amigas, vai! Leão é coisa pra homem!

– Ai, Super-homem de meia-tigela! – Taís se enfezou, colocando o leãozinho no chão, afastando-se para dentro de casa.

Amigão começou a andar pelo quintal, o que deixou Danilo satisfeito. Era a certeza de que a patinha estava curada.

Quem não gostou da novidade foi o galo índio. Do galinheiro, olhou torto para Amigão. Danilo deu boas gargalhadas ao ver o jeito estranho como ele encarava o Amigão.

Sentando-se na parte gramada do quintal, Danilo chamou o leãozinho e passou um bom tempo brincando com ele, tomando cuidado para não ser machucado pelas suas unhas afiadas.

15 À procura de um caçador

Na tarde daquele mesmo dia, os pais de Danilo procuraram o caçador indicado pelo chefe de João. Apertaram a campainha da casa, torcendo para que ele estivesse na cidade. Como demoravam para atender, já iam desistindo, quando uma senhora abriu a porta.

– Nós gostaríamos de falar com o seu Adolfo! – Mas a mulher os olhava interrogativamente, ao que João prosseguiu: – Nós viemos indicados por um amigo meu lá do banco que... – ele começava a explicar, quando a senhora o interrompeu, secamente.

– Entrem – ela disse, deixando a porta aberta, virando as costas, embarafustando-se pela casa.

Acharam estranho a rudeza da mulher e entraram ressabiados, pois não se sentiam nada convidados pela maneira seca, indelicada, como ela os recebera.

No corredor que conduzia à sala, estranharam uma cabeça de anta pendurada. Jurema levou um susto. João tentou gracejar, mas desistiu. Também estava constrangido. A casa lhes parecia sinistra.

Ainda no corredor, mais à frente, depararam-se com peles de animais esticadas nas paredes. Mas assim que entraram na sala, dona Jurema levou um susto maior.

– Ai, uma onça! – ela gritou, procurando proteção nos braços do marido.

Realmente, o grito tinha motivo. À esquerda de quem entrava na sala, havia uma onça de olhar ameaçador, boca escancarada, dentes afiados. Era uma onça empalhada, mas, para quem já estava com o espírito prevenido, metia medo.

– Que casa mais…

Ela ia definir o que achava daquela residência, quando alguém, entrando de repente na sala, falou bem alto:

– Casa mais esquisita, não seria isso que a senhora ia dizer?

Jurema e João voltaram-se espantados. O dono da voz imponente era um homem alto e forte, de rosto quadrado, como se fosse esculpido à faca.

– Bem... eu não quis dizer isso... – Jurema procurava se desculpar, pois estava constrangida.

– Sentem-se! – disse o homem, com firmeza.

Quando se acomodaram no sofá, Jurema percebeu que pisava em uma onça, quer dizer, em uma pele de onça estendida no chão.

– Perdoem-me se assustei vocês, mas os animais me ensinaram a ser silencioso. O fator surpresa, numa caçada, é tudo. – O homem movia os músculos da face como uma fera que calcula a distância para o bote final.

– Bem, seu Adolfo, nós estamos com um problemão em casa... – Jurema já se refazia do susto inicial.

– O senhor vai até achar engraçado... – João olhava em volta, dando a entender que um homem que tinha na sala onças empalhadas e peles de animais certamente acharia mesmo ridículo preocupar-se com um filhote de leão. – Mas, para nós, que até hoje só criamos um cãozinho de estimação, realmente chega a ser um caso sério...

– Deixe de rodeios. O senhor parece uma pintada se aproximando da comida. Ela para de longe, olha, observa, inspeciona o terreno, demora às vezes meia hora para andar cinquenta metros.

Jurema estranhou a comparação, mas sentiu-se encorajada para dizer por que estavam lá:

– Seu Adolfo, temos um leão em nossa casa!

– Bravo! Ótimo! E querem que eu vá caçá-lo, suponho! – O caçador sorria pela primeira vez.

– Não, nós queríamos que o senhor fosse até lá para vê-lo e nos aconselhar sobre o que fazer, se é possível conviver com um animal tão perigoso... – Jurema pedia esclarecimentos.

– Podemos ir até lá agora? – Adolfo, num salto felino, colocou-se de pé, mostrando-se pronto para sair.

João e Jurema, ao ver a disponibilidade do homem, sentiram-se mais à vontade.

No caminho, Adolfo fazia perguntas:

– Como vocês conseguiram o leão?

– Não conseguimos. Nosso filho disse que achou o animal na linha do trem. Mas talvez essa história esteja meio esquisita. Precisamos investigar, tentar encontrar o dono. – João dava as respostas.

– Faz sentido essa informação. Outro dia, lá em Ribeirão, fiquei sabendo que, não faz muito tempo, passou por aqui um lote de feras que ia para um zoológico em Minas. O filhote pode ter caído da jaula. Não é impossível...

– Mas leões não vão caindo assim, pelo caminho. Deve pertencer a alguém... – João raciocinava.

– Se é macho, ninguém faz muita questão. Nos zoológicos, eles estão até tentando controlar a natalidade dos leões. Uma fêmea procria, por ninhada, de três a cinco filhotes. Os machos trazem problemas porque a proporção para a boa convivência precisa ser de, no máximo, um ou dois leões para um grupo de várias leoas...

– Quer dizer que essa preocupação de ir atrás do dono...

– Ela não tem sentido. – Adolfo tornava-se mais acessível, mais falante. – Nos zoológicos alemães eles até sacrificam os leões excedentes… A França já tentou mandar alguns de volta para a África, mas nenhum país do continente permitiu que o navio com os animais atracasse. Aqui mesmo, no Brasil, é difícil um zoológico aceitar machos.

16 Um caçador desarmado

Quando Danilo percebeu que os pais chegavam com um homem desconhecido, parou de brincar com Amigão, levando-o rapidamente para o quartinho de bagunça.

– Fique aí, Amigão! Vou ver quem chegou em casa…

Ao virar-se, viu que sua mãe se aproximava.

– Filho! O seu Adolfo veio ver o seu leão. Ele é um caçador e…

– Caçador? – Danilo tremeu ao ouvir a palavra.

– Filho, pode ficar sossegado – João, que também se aproximava, tentou acalmá-lo –, seu Adolfo veio só conhecer o Amigão, dar uma orientação para nós…

– Fique tranquilo, jovem! Veja, estou sem armas e sem meus cães.

– Meu nome é Danilo, não é jovem! – Danilo deixou claro que não gostava do caçador.

Aproximando-se do quartinho de bagunça, o menino já foi avisando Amigão da presença de estranhos. Aquele era um dia de muitos conhecimentos para o pequeno felino.

– Amigão! Amigão! Vem cá, vem!

Amigão colocou a cabeça para fora do quartinho, já que a porta estava aberta. Vendo as pessoas que se aproximavam, resolveu voltar.

– Não tenha medo, Amigão! Vem, vem…! – Danilo foi buscá-lo, trazendo-o no colo.

– É um belo espécime, embora um pouco magro… Deve estar com quase três meses de idade. Se vivesse em liberdade, daqui a três meses estaria caçando… – O caçador esclarecia, ao examinar detalhadamente o animal. – Com um ano já será um jovem adulto. Com dois anos, terá uma bela juba… Ele tem comido o quê?

– Só tem bebido leite… – Danilo respondeu.

– Vocês podem começar a dar fígado ou outra carne moída, miúdo de frango… Nada de carne vermelha… Ele pode comer o que come um cão, ou um animal doméstico… Assim, isso ajuda a abrandar o seu instinto selvagem…

– Seu Adolfo, e no futuro… ele crescendo mais… o senhor acha que… – João estava reticente. Sabia que era um momento delicado da conversa, mas precisava abordar o assunto.

– O senhor novamente como a pintada, só rodeando, hein! – O caçador sorriu, levantando-se, dando por terminada a inspeção. – Na verdade, criar animais selvagens em casa é proibido por leis ambientais… E depois, um leão, por mais domesticado que seja, é sempre um animal selvagem… Se vocês conseguirem uma licença do Ibama, o que acho muito improvável, terão que deixá-lo sempre…

– Jamais vou deixar o Amigão ficar enjaulado, tão sabendo? – Danilo interrompeu o caçador, certo de que o homem iria sugerir colocar o leão em uma jaula.

– Ninguém falou em enjaular o leão, jovem! Quis dizer que, se puderem ficar com ele, é bom deixá-lo sempre no quintal, num espaço apropriado. Ele é grande, precisa de espaço. Isso, se as pessoas – e o caçador apontou a vizinhança – não reclamarem… Bem, preciso ir.

– Vou levá-lo de volta, seu Adolfo! – João prontificou-se a acompanhar o caçador. – Peço desculpas pela atitude ríspida do meu filho.

17 Batatinha podia caçar um tigre

No dia seguinte, toda a cidade comentava a existência de um leão na casa de Danilo.

– Lá no meu bairro está todo mundo comentando, dona Jurema – Ilídia disse, assim que chegou à casa de Danilo. – Além da vizinhança, até um homem meio estranho, esquisitão, que mora a uns cinco quarteirões de casa, veio perguntar sobre o leão. Primeiro, queria saber se era verdade mesmo que havia um leão aqui; depois, quis saber o tamanho dele, essas coisas de quem gosta de especular! Eu sei que o nome dele é Tranquilino, e não esqueço porque é um nome muito engraçado… – e Ilídia riu gostoso.

– É de quem não tem o que fazer, Ilídia! Vamos, meninos! A escola nos espera – Jurema tomou rapidamente seu café, pois estava atrasada.

Na escola, o assunto logicamente era esse: a descoberta do leão.

– Danilo, você tem um leão e não disse nada, hein! – Ludmila acercou-se do colega, assim que deu o sinal e os alunos saíram para o recreio.

– Sabe o que é, Ludi, leões são feras perigosas e… – Danilo fingia afetação, sem convencer ninguém.

– Deixa de esnobação, vai! Então era isso que você chamava de "peixinho", né? Eu bem que desconfiava… Qualquer dia, quero ir conhecer o seu leãozinho. Você me convida?

– Convido, claro que sim! Na verdade, estava morrendo de vontade de contar essa novidade. Mas não podia, porque era segredo…

– Aí, você e o Batatinha inventaram aquela história boba?

– Você não acreditou mesmo, né?

– Claro que não. Vocês são péssimos mentirosos, sabia? – Ludmila o olhou com ternura.

– Vamos comprar lanche? – ele a convidou.

– E aí, vai virar Tarzã, hein? – Lucas, um garoto da sua classe passou por eles, aproveitando para provocar o colega.

– Quando a gente pegou a fera, o que eu senti? – Batatinha, não muito distante dali, dividia as honras do achado, dando entrevista a dois ou três amiguinhos menores. – Bem, não foi tão fácil, porque o leão estava na moita, escondido, perigoso. Mas fui indo devagar, devagar, devagar, e agarrei firme na jugular dele...

No fim do recreio, Ludmila e Carol conversavam:

– O que eu acho, Ludmila? – Carol confidenciou à amiga: – Acho que o Batatinha bem que poderia ter caçado um tigre, né?

– Tigre?

– Ou uma onça, uma jaguatirica, um gato selvagem, sei lá!

– Ah, inveja não vale, não! – Ludmila caiu na risada. Carol a acompanhou, mas ainda com ciúme do paquera da amiga.

18   "Bobes" na cabeça de Amigão

No salão de beleza de Mariinha, a novidade também chegou, só que com o gosto quentinho de fofoca.

– Vocês viram? O Danilo, meu vizinho, está criando um leão! – Mariinha comentava com duas ou três freguesas.

– Não diga! O Danilo, aquele loirinho sardento, filho da professora Jurema?

– Ele mesmo!

– Oi, vizinha! – A dona do salão dirigiu-se a uma freguesa que acabava de entrar. – Você está sabendo da novidade lá no nosso quarteirão?

– Não, ainda não! – Odila, uma das vizinhas de Danilo, não fazia questão de se inteirar das novidades, pois detestava mexericos.

– E olhe que não é fofoca, hein? Acontece que o Danilo, como eu estava contando, está criando um leão...

– Ah, eu ouvi algum comentário sim! – Odila preferia manter-se neutra.

– E sabe onde ele escondeu a fera? No quartinho lá nos fundos do quintal... – Ela mesma perguntava e respondia em seguida.

– Mas e a mãe dele permitiu? – uma das outras quis saber.

– Pois não é que a mãe permitiu um absurdo desses, um leão em casa! Ele tem cada pata que é maior que um prato, uma bocarra do tamanho desse secador de pedestal...

– Mariinha, mas você viu o leão? – Odila sabia que ela exagerava.

– Ver eu não vi, mas leão é sempre leão, não é verdade, gente? – Mariinha pedia a concordância das freguesas. – E o que me espanta – ela continuou – é a professora Jurema dar um presente desses para o filho.

– Parece que não deu, não – uma das mulheres interferia – O pai é que trouxe o leão do Simba Safári, aquele zoológico onde os leões ficam soltos e sobem até na capota do carro da gente.

– Mas como, se o Simba Safári fechou? – Odila ria da invencionice daquela freguesa.

– Deve ser por isso. – Mariinha achava uma explicação. – Fecharam o tal zoológico, e saíram vendendo os leões...

– Mas tem cada pai irresponsável, não? Botar um leão dentro de casa... – outra delas palpitou.

– Dizem que ele dorme com o garoto... Já pensaram se ele atacar o menino de madrugada? – Mariinha voltou à carga.

– O pior é quando ele crescer, tiver aquela jubona toda... – outra moça palpitou.

– Aí ele vem aqui na Mariinha para colocar "bobes", usar o secador, se embonecar todo... – Odila ironizou.

– Se ele entrar por aquela porta, eu saio voando por esta janela... – Mariinha brincou.

19 Um vulto na madrugada

Algumas semanas depois que a cidade toda soube da novidade, no meio da madrugada, quando todos dormiam a sono solto, um vulto aproximou-se rápido e silencioso da casa de Danilo. O portão, que era barulhento, foi aberto sem dificuldades, sem que nenhum barulho fosse ouvido por ninguém.

Esgueirando-se pelo pequeno corredor lateral da casa, o vulto caminhava com calma, sem fazer barulho, como se fosse um gato, um felino. Tratava-se de um homem alto e forte.

No final do corredor lateral, ele abriu o portão que dava acesso ao quintal, com a mesma habilidade em não fazer barulho. A noite estava bem escura.

Olhando para um lado e outro, aproximou-se do quarto dos fundos com rapidez. Antes de abrir a porta, cochichou:

– Chaninho, vem, vem…

À sua frente, vindo não do quarto, mas da escuridão da noite, ele divisou primeiro um par de olhos que brilhavam como fogo. Em seguida, pôde ver o vulto de um animal que, instintivamente raivoso por ver seu território invadido, preparava-se para atacá-lo.

O invasor, aparentando incrível sangue-frio, ainda tentou negociar com a fera acuada.

– Calma, chaninho, calma! – O homem tentava, numa espécie de sussurro, acalmar o bicho.

Isso só fez com que o animal se enfurecesse ainda mais, aproximando-se, e fazendo-o recuar.

Para sua própria sorte, o homem viu uma vassoura deixada por Ilídia no quintal. Fazendo do instrumento de limpeza um improvisado escudo, ele se defendeu como pôde de um possível bote da fera.

Quando sentiu que com a vassoura em punho retardava um pouco o ataque do animal, notou que bastava correr para alcançar o corredor, e dali o portão, e do portão a rua, então ele reuniu suas forças. Jogando a vassoura na direção da fera, começou a correr em desabalada carreira.

Amigão aparou a vassoura numa dentada firme e, com um gesto brusco da cabeça, quebrou-a em duas. Correu até o portão do quintal, como para se certificar de que o invasor tinha fugido, e voltou para a escuridão da noite.

João escutou o barulho, mas como tudo voltou ao silêncio em seguida, achou que era impressão sua.

20 — O dia a dia de Amigão

Alguns meses já haviam se passado. Amigão já não era mais aquele leãozinho mirrado, raquítico, que viera para a casa de Danilo. Crescera, e ia se tornando um bonito animal.

Desde o começo, as recomendações de seu Adolfo não foram seguidas. Amigão vivia entrando e saindo de casa. Xodó de Danilo, Taís e de todos seus amigos, o bicho abusava do dengo, com sua maneira felina de levar a vida.

Adorava, por exemplo, ficar na cozinha fresquinha nos dias de calor. Ilídia passou a não gostar muito da companhia, pois ele não largava do seu pé.

— Branco, acho bom você deixar esse leão amarrado lá na mangueira… — ela reclamava, sorrindo, mas reclamava.

De uma convivência festiva, alegre, cheia de novidades, a vida com Amigão, zanzando pra cá, pra lá, fazendo xixi e cocô onde bem entendia, transformou-se em uma convivência problemática.

— Mãe, olha o Amigão rasgando o meu travesseiro — Taís, num domingo, gritou, pedindo auxílio.

Ele entrara sorrateiramente no quarto da menina e, encontrando o travesseiro no chão, começou a brincar com ele. Só que um leão não brinca da mesma maneira que um gato doméstico. Sua brincadeira é sempre radical.

Quem disse que conseguiram tirar o travesseiro das garras da fera! Amigão, vendo Jurema, João, Taís, Danilo, achou que estavam ali para prestigiar a brincadeira e se enrolou mais ainda.

— Olha que bonitinho, gente! – Danilo fazia dengo para ele.

— Bonitinho uma ova! Olha só o que ele está fazendo com o meu travesseiro! – Taís reclamou, irritada.

— Também não estou achando graça, viu, Danilo? – a mãe censurou. – Já disse mil vezes para você não deixar esse leão entrar aqui…

— Puxa, mãe! O coitado já dorme lá fora, no frio – o menino não se conformava em ter de dormir separado do animal.

— E você queria que ele continuasse dormindo dentro de casa? Você precisa entender que ele é um animal selvagem, com seus hábitos próprios; não podemos querer transformá-lo em um bibelô.

— O Amigão não é um animal selvagem coisa nenhuma! – Danilo não queria entender o raciocínio da mãe. – A se-

nhora nunca deixou que ele dormisse no meu quarto. Agora, quer até proibir que ele entre em casa.

Logo depois, ele escreveu em seu diário:

Daqui a pouco, eles vão querer mandar fazer a jaula que o caçador sugeriu. Que droga! Fiquei muito chateado com minha mãe, saí batendo a porta e me tranquei no quarto.

A presença de Amigão dentro de casa estava mesmo insuportável. Uma hora era o travesseiro, outra hora um sapato qualquer, outra as panelas de Ilídia, às vezes ainda uma toalha, ou o lençol de alguma cama; tudo era motivo para ele se enrolar, ficar mordendo, correndo atrás, brincando de… leão.

21 Amigão leva olé do galo índio

Ficou decidido. Lugar de leão era em espaço aberto, e não tropeçando pela casa. João mandou colocar um anteparo de um metro de altura, que impedia a entrada dele na cozinha. Que ficasse lá fora, no quintal, perto do galinheiro.

Por falar em galinheiro, a convivência de Amigão com as aves até que era pacífica. Mesmo porque as galinhas viviam trancadas em seu cercado. Uma vez uma delas escapou, mas Amigão nem ligou que ela veio ciscar perto. Isso demonstrava o quanto ele estava domesticado.

Mas quem se irritava com a paz felina de Amigão era o galo índio. Briguento por natureza, esta espécie de galo briga até com a sua imagem refletida num espelho. Como esperar que não se irritasse com um animal daqueles em sua vida?

Desde os primeiros tempos, quando Amigão ainda ficava escondido no quarto de despejo, ele implicou com o bicho. De manhã, cantava mais alto e até mais cedo, irritado com o intruso. Depois que o leão foi proibido de entrar em casa, aí a situação ficou mais tensa, porque, a todo momento, o galo ficava pra cá e pra lá no galinheiro, procurando uma brecha para escapar, querendo ir ter com o seu desafeto.

Foi então que um certo dia Amigão estava refestelado debaixo da mangueira, sem dar a mínima para a vida, quando o galo índio, todo dono do terreiro, começou a ciscar perto dele. E ciscava com o intuito claro de chamá-lo pra briga.

Sujo de terra, Amigão abriu os olhos e não gostou de ver as coisas embaçadas como estavam. Colocando-se em pé, abanou a cabeça, livrando-se daquele empecilho. Ao olhar à sua volta, viu o culpado: o galo índio.

Abriu, então, uma corrida certeira em direção à ave. Mas, com uma guinada de corpo, o galo deixou-o passar, tal como um toureiro faz na arena.

– Olé! – Danilo, que chegava ao quintal naquele momento, gritou.

Ilídia, escutando a movimentação, apareceu também à porta da cozinha.

Amigão não gostou da observação do dono e investiu novamente. O galo índio quis se safar, mas Amigão foi buscá-lo com um tapa certeiro, um golpe mortífero.

Atingido por aquele petardo, o galo rodopiou duas ou três vezes no ar, caindo em parafuso. Já caiu estrebuchando, batendo as asas, morrendo em seguida.

Calmamente, então, Amigão voltou para a mangueira, bocejando gostoso.

Que o galo não mexesse mais com ele...

Quando Danilo viu a cena, quis fazer alguma coisa. Correu em direção ao galo, tentando reanimá-lo.

– Não adianta, Branco! Ele morreu. Está com o pescoço destroncado... – Ilídia aproximou-se, diagnosticando o fim da ave.

– Você viu que ele não teve culpa, né? – Danilo já justificava a atitude de Amigão.

– Não teve, mas ele passa dos limites. Depois que foi proibido de entrar em casa, melhorou bastante, mas aqui no quintal ele também dá trabalho. Outro dia quis brincar com os lençóis no varal. Arrancou um deles, levou para a mangueira, para onde ele leva tudo que acha. Ainda outra vez, de manhã, achei uma vassoura partida no meio. Sei lá o que deu nele de madrugada. Já encontrei colheres, sapatos, até uma cadeira ele já arrastou pra lá. Foi uma trabalheira para lavar o lençol de novo. Precisei ferver, ferver, ferver... O serviço, Danilo, dobrou com o Amigão aqui em casa.

– O que você vai dizer pra mamãe sobre o galo?

– Vou ter que dizer a verdade. Ela não acreditaria se eu dissesse que ele resolveu dar um pulo no ar e caiu de cabeça, botando um ponto final na sua vidinha de galo. Tem cabimento?

— Fala que a senhora resolveu cozinhar ele pro almoço de amanhã…

— Cozinhar um galo índio, carne dura, quase sem recheio? — Ilídia mostrava que era bobagem tentar se desculpar. — Ela me dá as contas. Ainda se fosse uma galinha. Aí, sim, teria sentido…

— Quebra essa, vai, dona Ilídia! — Danilo desesperava-se.

— Não dá, sinto muito. E depois, ela ia perceber que era para proteger o leão. Já fiz isso tantas vezes, que ela nem me escutaria.

22 Uma comissão em pé de guerra

A morte do galo índio não ficou restrita ao círculo familiar. A notícia transbordou para os quintais vizinhos, todas as mães preocupando-se seriamente.

— Já pensou, Odila — Mariinha comentou em seu salão de beleza —, se o leão do Danilo resolve invadir o meu quintal e atacar minhas filhas?

— Você é muito exagerada, Mariinha!

— Mas é bom pensar antes, para não chorar depois. — Dona Francisca, uma das vizinhas, que também estava no salão de beleza, era da mesma opinião que Mariinha.

– Pois lá na cidade da minha irmã, perto de São Paulo, um cão fila, desses até parecidos com leão, atacou um menino que pulou o muro da casa. Não deixou um osso no lugar… – Mariinha dramatizava.

– Mas também! Quem mandou ele pular o muro? – retrucou Odila.

– Criança não pensa em perigo. Imagine, Mariinha – era a vez de dona Francisca insistir –, se um dos nossos filhos deixar cair a bola na casa da Jurema, e correr para pegar? Não entraria lá por maldade. Seria o suficiente para… Sei lá, nem quero pensar…

– Nós precisamos tomar uma atitude séria. – Mariinha começava a direcionar a conversa para uma ação conjunta. – Acho que devemos ir em grupo falar com o João, exigir uma ação drástica por parte da família.

Odila não queria fazer parte da comissão, mas resolveu ser solidária. Assim, evitava que amanhã ou depois a tachassem de omissa.

No banco, João estava em horário de expediente e estranhou que uma comissão de três senhoras quisessem falar com ele.

– E não estão com cara de boas amigas – seu chefe avisou, chamando-o para ir conversar com elas no balcão.

Ao se aproximar, João percebeu que eram suas vizinhas. Solícito, já sabia do que se tratava, mas quis dar tempo ao tempo.

– Pois não, senhoras, em que posso servi-las?

Elas, repentinamente, diante de tanta gentileza do vizinho, perderam o impulso, olhando-se entre si, sem saber quem deveria tomar a iniciativa da conversa.

– Bem, seu João... – Odila começou, reticente – estamos aqui para conversar amigavelmente com o senhor. Como vizinhas, como mães, nós viemos pedir uma solução para o caso do leão do Danilo.

– Pedir, não. Nós viemos exigir – Mariinha tomou coragem, continuando num tom dramático –, exigir que o senhor nos dê segurança de vida.

– Segurança de vida?

– Sim, senhor! O leão do seu filho vive correndo atrás das galinhas e outro dia quebrou uma vassoura.

– Senhoras, por favor! Não aconteceu nada! O Amigão apenas estraçalhou uma vassoura que...

– Está vendo! Ele estraçalhou, está estraçalhado! É um perigo! – Mariinha falava pelas três.

– E matou um galo também... – dona Francisca acrescentou.

– E, se mata galo, pode matar passarinhos, bebês, crianças, adultos... – Mariinha estava realmente possessa.

– Muito bem! O que as senhoras querem que eu faça? – João queria encerrar logo a entrevista, sabendo que era preciso também ver as coisas do ponto de vista delas.

– Um muro, seu João! Se o senhor levantar um muro entre as nossas casas e a sua – Odila explicava – estará tudo resolvido.

– Ponham o bicho em uma jaula. Eu acho que só assim vamos nos sentir seguras em casa... – dona Francisca continuou.

– Antes de mais nada, a partir de hoje, providencie uma corrente. É preciso prendê-lo imediatamente em uma corrente forte – Mariinha completou.

23   Uma corrente para Amigão

À tardezinha, João chegou com um pacote em casa.

– A mamãe ainda não chegou da escola? – João perguntou aos filhos.

– Ainda não. Ela telefonou dizendo que vai se atrasar um pouco – Danilo explicou.

– Que é isso, pai? – Taís viu o pacote em suas mãos. É um presente para mim? – ela adiantou-se, deixando João sem jeito.

– Não, filhinha! Infelizmente, é um presente para o Amigão…

Danilo já tinha esboçado um sorriso, quando o pai completou, rápido:

– É uma corrente…

E antes que o menino reclamasse, ele emendou:

– … para que os vizinhos deixem de reclamar do Amigão.

– Reclamar? Não estou entendendo… – o filho queria saber.

– Danilo, precisamos conversar seriamente. Não fique nervosinho… Deixe-me explicar… Hoje à tarde, recebi uma comissão de vizinhas, que foram reclamar do Amigão.

– Oi, pessoal! – Era Jurema, que acabava de chegar. – Ah, que dia mais exaustivo! O nosso diretor achou de fazer uma reunião na última aula e acabei me atrasando. Mas você ia dizendo que foi a uma comissão de vizinhos, querido?

– Não, Jurema. Recebi uma comissão de vizinhas…

– E o que elas queriam, João? – Jurema interessou-se.

– A Odila, a Mariinha e a dona Francisca foram lá no banco. Disseram que falavam em nome não só das vizinhas que fazem divisa com a nossa casa, mas também em nome da vizinhança da redondeza toda. Ficaram sabendo das estripulias do Amigão, sobre a morte do galo. Temem que ele passe para o quintal delas, ou que algum dos filhos entre no nosso quintal e seja atacado pelo Amigão. – João explicava os detalhes da conversa.

– Até parece que ele é um monstro... – Danilo tentou retrucar.

– Não deixam de ter razão! – Jurema concordava com as vizinhas.

– Bem, eu concordei com elas. Vou colocar uma corrente no Amigão. E subir o nosso muro para evitar chateações. E não quero que você entenda isso como punição, Danilo, mas se estamos usando desse expediente, é porque gostamos muito do Amigão também...

Danilo quis sair da sala, ir chorar no seu quarto, mas o pai o impediu. Estendendo o braço, deu-lhe o pacote.

– Tome, quero que você mesmo coloque a corrente no Amigão. Ela é bem comprida, para que ele fique à vontade no quintal. Vamos, tome!

A contragosto, Danilo pegou o pacote e dirigiu-se para os fundos da casa.

– Amigão – ele disse ao animal –, sinto muito ter que fazer isso com você, mas a vizinhança está reclamando muito.

Amigão aceitou com docilidade a corrente, sem entender por que motivo tinha de ficar com aquele negócio em volta do pescoço, tolhendo seus movimentos, se arrastando pra cá e pra lá.

Mas não foi difícil para o leão adaptar-se à situação. Dentro de alguns dias, já incorporava aquilo como se fosse parte de sua vida.

No seu diário, naquela noite, Danilo escreveu sobre a dor de ver o leão com aquela corrente.

24 Um muro que se levanta

Semanas se passaram sem reclamações. João, pensando que a corrente havia aplacado a ira das vizinhas, foi adiando a construção do muro, deixando para depois, até que deu por encerrado o assunto.

Uma manhã, no entanto, foram acordados pelos golpes de enxadões abrindo um buraco no chão. Eram três ou quatro pedreiros que escavavam uma valeta na divisa toda com o quintal da casa de Danilo.

– O que vocês estão fazendo? – João quis saber.

– Vamos construir o muro. As suas vizinhas nos contrataram para isso.

– Bom dia, João. Tudo bem? – Fábio, marido de Odila, vendo que o vizinho estava por ali, resolveu conversar com ele.

– Mais ou menos! – João estava ofendido com o fato de o muro estar sendo levantado.

– Sei que você está chateado. Moramos aqui há anos. Nunca foi preciso colocar muros entre nós. Aliás, em uma cidade como a nossa, é até desfeita com os vizinhos ficar agindo assim, como é desfeita trancar o carro na frente de uma loja, ou fechar a porta da casa…

– Eu sei! Mas desde que o vizinho não apareça com um leão, não é? – João reconheceu.

– Você, no nosso caso, faria o mesmo, não faria?

– Lógico que faria! Estou apenas preocupado em saber até onde isso vai. Pra ser sincero, não deveria ter permitido que o Danilo ficasse com o bicho. O chato é que, quando fomos perceber, não dava mais pra tomar uma decisão radical…

– Sinto muito, João! – Fábio estava sem saber o que dizer.

– Bom, depois você me manda a conta. Vou pedir o mesmo aos outros vizinhos.

25 O vulto ataca outra vez

Não havia passado muito tempo, na verdade, ainda não haviam terminado o muro, quando, numa madrugada, novamente um vulto se aproximou da vizinhança de Danilo. Dessa vez, não entrou pelo portão da casa. Preferiu pular o pequeno gradil da varanda de Odila, atravessando o terreno em direção ao quintal da casa de Danilo.

Ágil e silencioso, ele caminhava sem ruídos, pisando macio, desviando-se dos obstáculos que pudessem denunciar a sua presença. Sem dificuldades, pulou, com um pequeno gingado de corpo, o muro que os pedreiros construíam.

Logo que pisou no quintal, ficou agachado como estava, procurando, com olhos abertos, o seu objetivo. Não demorou muito, ele divisou o que procurava: o leão!

O homem esperava por aquele encontro. Aproximou-se sem medo. Arremessou algo pesado, que caiu no chão, na parte cimentada do quintal, cerca de dois metros à frente do animal, produzindo um barulho abafado.

Curioso, o leão aproximou-se e sentiu o cheiro forte de sangue no pedaço de carne arremessado. Estranhou o cheiro, já que não estava acostumado a comer carne vermelha. Levantou a cabeça em direção ao vulto.

– Vem, chaninho, vem! Hoje eu trouxe comida pra você. Coma! Vamos ser amigos! Depois eu te levo para um lugar bem descampado para te caçar. Vem!

Desprezando a carne, Amigão avançou contra o homem, que se salvou por causa da corrente.

Ela, esticando-se até o limite, deu um tranco em Amigão, que, sem poder continuar a perseguir o homem, urrava de raiva.

O barulho da correria, mais os fortes rugidos no silêncio da madrugada acabaram por acordar toda a vizinhança, além, é claro, de Danilo, seus pais e sua irmã.

O guarda-noturno, que naquele momento fazia a ronda no bairro, vendo o vulto correr pelas ruas desertas atirou para o ar, gritando.

– Pega, ladrão!

Isso aumentou ainda mais a confusão. Na manhã seguinte, as marcas deixadas pelo invasor, que acabou pisando em uma lata com massa de cimento, mostravam bem a passagem pelo quintal e pela varanda de Odila.

– Ilídia, o que este pedaço de carne está fazendo no meio do quintal? – Jurema perguntou, quando foram investigar o acontecido.

– E eu sei, dona Jurema? Pois o Amigão não come carne vermelha... Aliás, ele nunca comeu...

– E é mesmo! Que estranho!

– Vai ver quiseram envenenar o coitado...

– Envenenar o Amigão, mãe? – Danilo não entendia direito como e nem por que alguém poderia querer fazer aquilo.

– Não é difícil que tenham tentado. Aliás, o seu amigo está se tornando um problema para nós... – Jurema foi sincera.

– Problema? Um ladrão entra em casa e o Amigão é que é o problema! – o menino defendia o animal.

– E se esse homem não veio para assaltar a casa, mas para matá-lo? – Jurema queria ser muito clara. – E depois, Danilo – Jurema aproximou-se do filho, irritada –, a Ilídia já está dando sinais evidentes de que não quer ficar mais conosco. A vizinhança também está descontente; andam levantando os muros, deixando de conversar com a gente...

26 | Todos correm risco de vida

Mais tarde, na escola, quando Danilo saiu para o recreio, o comentário geral era sobre o episódio da madrugada. Ele estava conversando com o Batatinha, quando Ludmila chegou, com a inseparável Carol.

– Danilo, o Amigão correu atrás de um ladrão? – as meninas queriam saber da novidade.

– É sim, gente. Foi a maior confusão lá em casa. Alguém entrou lá, e acho que quiseram matar o Amigão.

– Mas como você sabe? – Carol questionou.

– Antes de virmos para a escola, minha mãe achou um pedaço de carne jogada no quintal.

– Carne? No quintal? – Ludmila sorriu, fazendo uma careta de quem não estava entendendo. Aliás, uma careta que Danilo achou muito engraçadinha.

– É. Alguém jogou um pedaço de carne. Talvez ela esteja envenenada, não sei…

– Mas, se ele é um leão, por que não comeu? Será que ele adivinhou e… – Batatinha queria entender.

– Não sei, Batatinha. Sei que ele nunca comeu carne vermelha, quer dizer, com sangue… Aí ele atacou o ladrão e foi aquela correria. O cara saiu pisando em lata de cimento, fazendo um fuzuê pelo quintal… – Danilo, passado o susto, ria da cena.

– E você, o que fez? – Ludmila gostou de vê-lo sorrir descontraído.

– O Danilo pulou da cama, saltou pela janela, foi lá, deu três socos no bandido, obrigou-o a pedir água, a pedir perdão ao Amigão… – Batatinha inventava, com gestos espalhafatosos.

– Eu fiquei é com um medão danado, isso sim! Vou lá bancar o mocinho nessas horas… Fiquei debaixo das cobertas, só escutando… – Danilo, sem querer, ganhava ainda mais o coração de Ludmila com aquela confissão sincera.

À tardezinha, Ilídia já estava para ir embora, quando tocaram a campainha.

– Dona Ilídia, faz um favor pra mim? Se for o Batatinha a senhora me chama? Estou ocupado com a lição da escola… Ele ficou de buscar um livro emprestado… – Danilo falou alto, pedindo a ajuda de Ilídia.

– O que foi, Danilo? – Ilídia apareceu na porta do quarto do garoto.

– Se for o Batatinha, você pede para ele entrar?

– Ih, Branco! Hoje aqui só dá gente da polícia… Já vieram de manhã, logo que você foi para a escola. Levaram a carne deixada no quintal, vasculharam o terreno todo… Hoje, esta casa está parecendo delegacia de polícia… – E Ilídia foi ver quem era.

Não era mesmo o Batatinha. Um homem alto, de cabelos grisalhos, que descera de uma viatura policial, esperava para ser atendido.

– Os donos da casa estão? – ele perguntou, ao ser recebido pela mulher.

– Faça o favor de entrar. Eu vou chamá-los – Ilídia acompanhou-o até a sala.

Logo depois, ela deu a notícia a Danilo.

– Dona Ilídia, é o Batatinha?

– Não é não. É um homem da polícia, acho que delegado... Não falei que isso aqui tá parecendo delegacia?

– Polícia? De novo? – Danilo ficou pensativo, interrompendo a lição de História. Foi até a porta da sala para escutar o que diziam.

– Mas, doutor Batistussi, por que entraram aqui então? – Jurema indagava ao delegado.

– É o que eu digo à senhora, dona Jurema. Seja quem for que entrou em sua casa, não queria envenenar o animal. A carne foi analisada e não há indícios de veneno. Está intacta – o homem assegurou.

– Mas o que ele queria, então? Simplesmente assaltar a minha casa? A essa altura do campeonato já sabem que foi um só...

– Ou levar o leão...

– Como assim?

– Por inveja, ciúme, ou outro motivo qualquer... Aliás, motivos não faltam. Os vizinhos, por exemplo, não gostam nem um pouco da ideia de conviver com um bicho tão incômodo, vocês sabem disso.

– Sabemos – João concordou.

– Na qualidade de delegado da cidade, devo dizer que a senhora não pode mais ficar com o animal em casa. Todos correm risco de vida.

– Mas ele é inofensivo, doutor...

– Não é o que me disseram. A vizinhança já deu queixa, declarando que ele já matou um galo, que estraçalha qualquer coisa que vê pela frente. Ele pode vir a confundir crianças com ladrões, pode acontecer até uma tragédia. Acredite, estamos querendo evitar problemas para vocês. Em breve, viremos buscá-lo...

– Não podemos tentar uma outra solução, doutor Batistussi? Vamos procurar uma saída…

– Senhor, por favor! O Ibama de Ribeirão Preto já entrou em contato conosco para checar se realmente procede a notícia de que há um leão por aqui. Em breve, virão apreender o animal…

Danilo não precisou ouvir mais. O delegado estava decidido a levar Amigão embora.

– Não vou permitir que isso aconteça. Nunca! – O menino estava possesso quando voltou para seu quarto.

27 Um vulto rouba Amigão

Fechando seu livro de História, Danilo pegou seu diário e expressou sua raiva, escrevendo sobre a visita do delegado:

O que será que acontece com os adultos?
Será que nunca tiveram um animal de estimação, nunca foram crianças? Pois agora o delegado ou alguém do Ibama quer levar o Amigão embora. Não vou permitir que isso aconteça! Nunca!

Depois daquela espécie de desabafo, Danilo deitou-se, apagando a luz do quarto.

Na madrugada tranquila, horas depois, um vulto começou a pular a janela do seu quarto, só que de dentro para fora. Primeiro um pé, depois outro, logo em seguida o corpo todo. Devagar, como uma sombra, o vulto desceu pela parede até o chão do corredor, lá fora.

Seria algum ladrão que estivera escondido no guarda-roupa, no banheiro, esperando a madrugada chegar para agir? Seria o mesmo homem da noite anterior, que voltara para completar o serviço?

Andando sem fazer barulho, como se deslizasse pelo corredor que o levaria ao quintal, o dono da silhueta se movia tomando cuidado para não ser surpreendido por nenhum dos moradores.

Já no quintal, aproximou-se da mangueira, com a certeza de que sabia o que estava fazendo. Sem medo, aproximou-se do leão e, não temendo uma reação negativa dele, retirou a corrente de seu pescoço. Atravessando o quintal, ele dirigia os passos do animal. Transpuseram a parte da cerca viva que dava para a casa de dona Francisca, onde o muro ainda não tinha sido levantado pelos pedreiros. Passando pelo quintal da vizinha, saíram na rua dos fundos, sumindo imediatamente na escuridão da madrugada.

28 Embaixo da cama

Na manhã seguinte, a professora Jurema estranhou que o filho demorasse mais do que de costume para se levantar.

– Ilídia, faça um favor para mim. Vá chamar o Danilo! Ele vai acabar se atrasando. Hoje tenho que chegar cedo, pois dou a primeira aula lá no colégio... – Jurema pediu, apressada.

Ilídia foi e voltou.

– O Danilo não está no quarto dele, dona Jurema!

– Ótimo! Então, ele já está no banheiro. Hoje não posso me atrasar. – Jurema sentou-se à mesa, já se preparando para tomar o café.

– Mãe, o Danilo não vai para a escola hoje? – Taís aproximou-se da mesa, ainda com cara de sono.

– Por que não?

– Ele ainda não levantou... Eu pensei que...

– Mas ontem ele foi dormir até cedo demais... Ele não está no banheiro?

– Não! Aliás, a senhora precisa falar para ele deixar de...

– Danilo! – Jurema chamava, levantando-se da mesa e indo em direção ao quarto do filho.

Ao entrar, estranhou que a janela estivesse aberta, a cama desarrumada.

– Ah, seu malandrinho! Você está debaixo da cama? Assim você vai fazer eu me atrasar... Vamos! – ela disse, esperando que ele obedecesse.

Nenhuma resposta.

– Danilo! Quer deixar de... – Jurema ficou engasgada quando, ajoelhando-se, viu que não havia ninguém debaixo da cama. Correu então ao guarda-roupa. Escancarando-o, não viu ninguém.

Passando pelo quarto de Taís, que já pegava sua mochila, a mãe indagou:

– Você não viu seu irmão, Taís?

– Não vi, mãe! Já falei. Vai ver ele tá se escondendo para não ir à escola e ficar brincando com o Amigão – Taís insinuou, sem perceber que a mãe começava a se desesperar.

– João! – Jurema gritou, voltando à cozinha. – João, o Danilo desapareceu!

– Como assim? – ele perguntou, parando de passar manteiga no pão, levantando-se e indo em direção ao aposento do filho.

– A janela do quarto está aberta e não consegui achá-lo em lugar nenhum. – Jurema falava enquanto o seguia.

– Vou telefonar para o delegado Batistussi. Acalme-se, querida! – João tomou uma decisão.

– Meu Deus! Será que sequestraram o Danilo? – Jurema começava a chorar.

Na delegacia, demoravam para atender. Quando o fizeram, ele falava nervoso.

– Doutor Batistussi, o senhor precisa… Não é ele?… Claro que quero falar com ele. É urgente… Ainda não chegou? Mas meu filho sumiu… Eu preciso saber o telefone da casa dele, então…

Quando finalmente conseguiu falar com o delegado, sentiu-se mais aliviado.

– Está vindo para cá. Ele mora aqui perto… – disse, acalmando sua esposa.

Não demorou muito, o doutor Batistussi estava na casa deles.

Vendo a cama do garoto desarrumada, o experiente delegado olhou para o diário, esquecido aberto sobre a mesa de estudos. Leu rapidamente o que Danilo havia escrito na noite anterior.

– O leão está no quintal? – o delegado perguntou ao casal, já compreendendo o que acontecera.

– Não sei, não reparei. Meu filho some, desaparece, e o senhor pergunta do leão? – Dona Jurema, ansiosa, estava em prantos.

– Seu filho não desapareceu, dona Jurema! – O delegado caminhou em direção ao quintal, acompanhado de João.

Quando viu a corrente jogada, sem o leão, o pai de Danilo também compreendeu que ele não havia desaparecido. Havia fugido.

– Logo depois que o senhor me telefonou, chequei as novidades com a equipe de plantão na delegacia. Informaram-me terem descoberto o produto de um roubo no seminário abandonado, lá na estrada que vai para o horto municipal. Receberam o telefonema de um guarda-noturno, que viu três elementos fugindo de lá, gritando que um leão os perseguia. Quando meus auxiliares chegaram ao local, conseguiram prender a mercadoria roubada e estão esperando o retorno dos ladrões, para darem o flagrante.

– Ai, meu Deus, eu sabia que isso não ia acabar bem! – Jurema já imaginava o filho nas mãos de bandidos.

– Bem, o que eu já sabia se confirma. Mandarei uma viatura averiguar aquela área. Se dormiu no seminário, não deve ter ido muito longe… Vamos começar por lá… Tão logo o capturem, avisarei a vocês…

– Capturem? Vocês vão capturar o meu filho? – João indignou-se.

– Desculpe-me a terminologia policial, seu João. Assim que o encontrarem – o doutor Batistussi corrigiu.

O sumiço de Danilo
e de Amigão recontado

Na verdade, o que acontecera foi que Danilo, assim que terminou o seu desabafo, escrevendo a respeito do que achava dos adultos, ouviu seus pais se despedindo do delegado. Quando sua mãe veio ter com ele no quarto, não queria conversa. Apagando a luz e deitando-se rapidamente, fingiu que dormia. Ela, sem querer incomodá-lo, ainda comentou, ao ajeitar a colcha que o cobria até o pescoço:

– Ah, seu malandrinho! Vai ver que nem escovou os dentes...

Danilo não só não escovara os dentes, como nem tirara a roupa. Por baixo das cobertas estava vestido, de sapato e tudo.

Quando percebeu que a casa mergulhara no silêncio, ele se levantou e pegou uma blusa de frio. Sem fazer barulho, pulou a janela do quarto que dava para o corredor ao lado da casa. Chegando ao quintal, sem dizer uma palavra, ele soltou Amigão da corrente e os dois, passando pelo quintal de dona Francisca, ganharam a rua dos fundos.

Sem saber para onde ir, Danilo, sempre acompanhado de Amigão, tomou o rumo da primeira estrada que lhe veio à cabeça. E esta foi a que seguia em direção ao seminário abandonado, caminho do horto municipal.

Depois de duas horas de caminhada na madrugada escura, o menino sentiu-se cansado. Felizmente, ele se aproximava de uma construção antiga, o seminário abandonado.

30 Socorro! Um leão!

Ainda na estrada, o frio começava a incomodá-lo. Nunca estivera fora de casa na madrugada. Chegar ao velho seminário era pelo menos a certeza de que, por aquela noite, teria abrigo. O seminário, ele sabia, estava abandonado há tempos. Os vidros quebrados, as paredes externas pichadas, tudo evidenciava abandono.

– Amigão, isso aqui é um lugar abandonado, mas vou dar uma olhada pra ver se dá pra ficar aqui hoje. Não saia daqui! – Danilo ordenou.

O leão, obediente, deitou-se por ali, mas ficou com a cabeça erguida, como sentinela.

Vendo que podia contar com a vigilância de Amigão, Danilo tratou de conferir o espaço. Aproximou-se, então, de uma porta lateral. Forçou-a, ela cedeu um pouco, o suficiente para que ele entrasse no recinto.

Mesmo andando devagar, o garoto tropeçou em algo e quase foi ao chão.

– Droga! – resmungou, levando a mão à canela. – Apalpando o escuro, percebeu que tropeçara em um banco de igreja. Certamente estava na capela.

Acostumando-se com a escuridão, procurou um cantinho para passar o restante da madrugada.

Nem foi preciso chamar o Amigão. O animal ouvira o barulho, a voz de Danilo e entrara pela porta entreaberta.

– Vamos dormir aqui, tá? Não é tão confortável como lá em casa, mas é o que temos por enquanto…

Ele voltou até a porta, encostou-a por causa do frio e foi deitar-se com Amigão do outro lado da capela. Ficaram ali encolhidinhos; Danilo, com uma pontinha de saudades de sua cama, de seu quarto; Amigão, indiferente à mudança.

Já quase de manhã, um barulho acordou-o. Assustado, pensou no pior. Certamente era alguém que vinha em seu encalço. Quando sentou-se no chão, o corpo meio dolorido, viu Amigão já a postos, vigilante.

— Vem cá, Amigão! Fique aqui! — ele ordenou, e o leão deitou-se perto dele. — Pode ser alguém que veio nos procurar, entende? E aí o melhor é a gente ficar quieto, sem se mexer…

O barulho era de alguém que abria a porta da capela. Ouvindo vozes, ele temeu pelo pior.

— Tem perigo não, pessoal! Aqui é um lugar seguro. Podem me seguir que não tem erro…

Danilo pôde perceber, pela claridade da manhã que nascia, o vulto de um rapaz encorpado entrar na capela, sendo seguido por outros dois. Ele carregava o que se percebia ser um computador, os outros dois traziam um videocassete e aparelhos de som, certamente produtos de furto em uma casa da região.

— Tem perigo não, tá ligado? Aqui é um lugar seguro. Podem confiar que não tem erro… — o rapaz encorpado estimulava os comparsas.

Como estavam mais perto da porta, não perceberam que Amigão se levantou de onde estava, aproximando-se sem fazer barulho. Danilo ainda tentou chamá-lo, para que não saísse de perto dele, mas foi em vão.

– Vamos deixar os bagulho aqui, tá ligado? Mais tarde, a gente volta e pega. Durante o dia, é moleza sair com tudo sem levantar suspeita...

– E, se nesse meio tempo, alguém... – um deles estava inseguro quanto ao local.

– Ah, meu camaradinha, se alguém mexer no bagulho, eu viro um leão!... – o rapaz que parecia ser o líder disse, rindo.

– Não olha, chefia! Mas acho que alguém virou um leão antes de você...

– Lê o quê?... – o encorpado virou-se e deu de cara com um leão rugindo para eles.

– Vamos dar no pinote! – surpreendido, o homem só teve tempo de gritar, e os três fugiram apavorados.

Danilo, ao ver que estava a salvo dos ladrões, não quis ficar para esperar as consequências. Mesmo porque o dia estava nascendo e era preciso continuar. Para onde? Não sabia.

– Amigão, vamos embora. Não sei para onde vamos, mas vamos em frente! – Danilo respirou fundo, e abriu o passo, decidido.

Só não sabia de uma regra básica de quem foge: jamais caminhar pelas estradas, por mais desabitadas que sejam às primeiras horas do dia. Em breve, a figura de um menino acompanhado de um leão se faria notar na manhã que começava.

31 Palavrões

Horas depois, no meio da manhã, os pais de Danilo foram chamados à delegacia. Na sala do delegado, havia dois homens.

– Seu João, dona Jurema, estes são os investigadores Bidão e o Totinha. Eles encontraram o filho de vocês, mas…

– Como está meu filho? Ele está machucado? – Doutor Batistussi foi interrompido por dona Jurema.

– Calma, Ju! – João interferiu, em vão.

– Por que vocês não trouxeram ele? – Jurema, desesperada, bombardeava os dois com perguntas.

– Calma, professora! Hoje de manhã nós saímos em missão e localizamos o menino na estrada do seminário... – Bidão, um negro alto, tomou a dianteira, relatando o encontro que tiveram com Danilo. – Quando a gente viu o garoto, gritei para ele entrar correndo na viatura, que a gente dava um jeito no leão...

– Mas o leão é dele... – Jurema balbuciou, entendendo o equívoco dos investigadores.

– Aí ele se recusou, dizendo que não entrava coisa nenhuma, que não precisava de ajuda...

– Então, deu tudo errado... – João compreendia que a interferência dos investigadores surtira efeito contrário ao que se esperava.

– E começou a xingar a gente, gritando palavrões... – o outro investigador completou.

– Mas o Danilo não é de falar palavrões! – Jurema estava surpresa, ao mesmo tempo que entendia o porquê do comportamento agressivo do filho.

– Quando insistimos, ele ameaçou mandar o leão pra cima da gente. O jeito foi bater em retirada e comunicar ao delegado que...

– Vamos atrás dele, João! – Jurema queria sair imediatamente à procura do filho.

– Não sei não se os senhores vão encontrá-lo. Quando falamos em buscar reforço para prender o leão, ele saiu correndo em direção à mata que tem lá e o leão foi atrás... – Bidão explicava por que seria difícil encontrá-los.

– Seu João, sinto muito que eles não tenham resolvido o caso, mas seu filho também não colaborou. – O delegado tomou a defesa dos investigadores. – Ele já fugiu de casa, deixando vocês sem saber o que fazer, e agora começa a preocupar a gente. Notem que ele ameaçou instigar o leão contra meus homens…

— Por favor, doutor! — Jurema temia uma represália por parte dos policiais. — Ele é uma criança! Procurem conversar com ele…

— Uma criança que põe em risco a vida de outras pessoas, que recebe a polícia com xingamentos, não tem muito direito a conversas. Merece ser tratado a palmadas. Desculpe-me a franqueza, professora, mas o Totinha concorda comigo — Bidão queria deixar clara a posição deles.

— Dona Jurema, prometo à senhora que vou cuidar pessoalmente do problema. O menino estará com vocês logo, logo… — assegurou o delegado.

Não adiantava conversar mais. Todos estavam tensos, os ânimos ficando exaltados.

— Obrigado, doutor! O senhor é a nossa única esperança! — João fez questão de deixar claro sua confiança no delegado.

32 | Adolfo sai à caça dos fugitivos

— João, vamos até a estrada do seminário. Quero ver se encontramos o Danilo — Jurema pediu ao marido, tão logo saíram da delegacia.

— Pensei nisso também, Ju! Mas…

— Mas o quê?

— Não, nada! Vamos lá! — João sabia ser difícil encontrar o filho, mas não queria preocupar a esposa. Se de fato ele entrara na mata, isso seria um complicador a mais.

João e Jurema andaram pela estrada, entrando em vários sítios, indagando a quem quer que encontrassem se tinham visto um menino acompanhado por um leão. Todos, evidentemente, se espantavam com a pergunta.

— Gostaria de encontrá-los antes da polícia. O primeiro contato já não foi nada positivo. — Jurema queria, a todo custo, algum sinal do filho.

— Sabe a quem nós precisamos pedir ajuda?

— Quem, João?

— O seu Adolfo. Ele…

— Seu Adolfo? Não havia pensado nele!… Mas que ajuda ele poderia nos dar?… — Jurema não se mostrou animada com a ideia.

— Veja, Ju! Seu Adolfo tem conhecimento sobre animais e pode rastrear o paradeiro dos dois…

— Mas, se o Danilo não quis voltar com os policiais, por que voltaria com seu Adolfo? — Jurema se recusava a aceitar a proposta.

— Eu sei, eu não queria preocupar você, mas se o Danilo entrou na mata, a polícia não tem experiência neste tipo de terreno…

Jurema se convenceu. Aliás, não havia outra saída.

Adolfo estava de malas prontas para o Pantanal, onde passaria alguns dias caçando e pescando. Mas foi solícito com o casal.

– Vocês já avisaram a polícia? – ele perguntou, assim que João e Jurema se sentaram no sofá da sala que tanto os impressionara.

– Já, mas os policiais meteram os pés pelas mãos... – Jurema contou rapidamente o que ouvira dos investigadores.

– Deveriam ter primeiro me procurado, e não a eles. Estão acostumados com ladrões, não com captura de animais selvagens! – Adolfo sorriu enigmático, vaidoso.

– O senhor pode nos ajudar? – Jurema quase implorava.

– Eu estava de saída para o Pantanal, mas, se eu não encontrá-los, o leão e seu filho podem ficar em apuros... Pois Tranquilino já deve estar sabendo que... – Adolfo, pensativo, massageava o queixo largo.

– Quem, seu Adolfo? O que o senhor disse? – João indagou.

– Não, nada! Eu disse para ficarem tranquilos... Isso mesmo! Fiquem tranquilos! Vou trazê-los de volta ou não me chamo Adolfo! – o caçador disse, de repente, recuperando o jeito despachado.

Juntando ação às palavras, como era seu costume, ficou em pé de um salto, dirigindo-se para a porta, dando a entender que a entrevista terminava ali.

– Ele é mesmo bem esquisito, não? – Jurema comentou com o marido, assim que entraram no carro. – Às vezes fico até com medo dele... Já cheguei a pensar se não foi ele quem...

– Quem entrou em casa para roubar o Amigão? Que ideia, Jurema! – João a censurou. – É certo que é um homem estranho, mas... daí a pensar que... – Na verdade, ele também partilhava da mesma desconfiança.

– Bem, de todo modo, João, ele é o único que pode nos ajudar neste momento. O jeito é confiar desconfiando... – Jurema tentava se convencer.

Tão logo os pais de Danilo se foram, Adolfo iniciou o seu ritual das caçadas. Foi até o quarto, trocou de roupa, colocando sua vestimenta de caçador e seu chapéu ornado com uma tira de pele de onça.

Na despensa da casa, pegou sua arma preferida, conferiu os cartuchos, a munição.

– Adolfo, mas você não vai só atrás do menino e do leão? – a esposa do caçador estranhou.

– Com a minha experiência aprendi uma coisa, mulher! Não se sai atrás de uma fera sem estar preparado para tudo. E depois, eu tenho o pressentimento de que o Tranquilino pode estar no encalço do leão...

– Você sempre farejando coisas. Será que ele... – a mulher surpreendeu-se.

– Acho não! Tenho certeza de que os dois correm perigo!... – Adolfo falou já se despedindo.

– Você não vai levar os cachorros?

– Não. Prefiro ir sozinho nesta empreitada. Assim não assusto o menino...

– Como você vai até a mata, se você mandou a perua pra revisão?

– O nosso vizinho é sempre muito solícito. Vou pedir a ele que me leve de moto até lá. Com o deslocamento do menino, não ia adiantar mesmo ficar com a perua parada. Ele já andou bastante... Mesmo se estiver perdido no meio da mata, deve ter andado muito... Depois, dou um jeito de arrumar carona para voltar.

Realmente, o vizinho do caçador levou-o até o local onde Danilo teria se embrenhado na mata. Adolfo não precisou vasculhar muito para achar os sinais da passagem dos dois fujões.

Para quem conhecia terrenos como aquele, bastava um galho quebrado, uma vegetação mais amassada, uma folha fora do lugar, para se ter a certeza de quem passara, quando passara, e com que ânimo deixara o rastro.

Mas logo o caçador compreendeu que não iria encontrá-los tão cedo. Um garoto inexperiente, na mata, ficaria andando em círculos e seria alvo fácil para quem o procurasse. No entanto, os sinais que o caçador perseguia demonstravam claramente que os dois andavam em linha reta, que entraram num ponto da mata, mas já deveriam ter saído em outro, bem distante dali. A única certeza era a de que o menino apenas seguia o leão, que ia à frente, abrindo caminho.

– É o animal quem dirige os passos do jovem. Ele vai à frente, o menino apenas o segue – o homem concluiu em voz alta, como se falasse com alguém. Começava a gostar daquela espécie de jogo de xadrez que iria travar com o animal. Só o inquietava o fato de o encontro demorar demais, continuando noite adentro.

Depois de caminhar bastante, Adolfo, acostumado com a região, até apostava consigo mesmo que logo mais chegaria a um descampado bonito, com uma bela vista.

"Dito e feito! Eles saíram no ponto que eu imaginava. Estes sinais aqui" – e ele olhou para a vegetação a seus pés, enquanto pensava – "me indicam isso..."

O caçador sabia, pelos sinais, que o menino estava cansado. As pegadas começavam a demonstrar que seus passos já não eram firmes como os de quem foge rápido, mas lentos, arrastados.

Ele também deduziu que Danilo, mesmo estando com fome, devia ter evitado as casas que se viam bem mais abaixo, à esquerda.

"Se eu for pela esquerda, encurto o caminho e posso cortar a frente deles." – Adolfo descobria a finalidade da marcha do leão: encontrar o rio Pardo, mais além. Deveria estar com sede e queria resolver esse problema básico.

33 Proteja o leão!

O raciocínio estava perfeito. Amigão queria evitar o contato com outros seres humanos. Mas, sedento, pressentira a aproximação do rio. O caçador avançava rápido, encurtando o caminho em alguns bons quilômetros.

Finalmente, o que ele planejara acontecia. Avistou os dois, que vinham de frente em sua direção.

Seu instinto de caçador fez com que levasse a arma à altura dos ombros, alojando a coronha bem firme no ombro direito, tendo na mira o leão, que caminhava à frente de Danilo. Quantas vezes não assumira aquela posição, preparando-se para abater uma onça, ou disparar contra aves

em voo? No entanto, estava ali por outro motivo: convencer o garoto de que o melhor seria voltar para casa.

Já ia desfazendo a postura, abaixando a arma, quando percebeu que havia mais alguém no seu raio de visão. De onde estava, visualizava um homem de tocaia, pronto para atirar assim que o menino e o leão se aproximassem mais.

Era preciso agir rápido. Pensou em gritar, mas temia que o garoto demorasse a entender o perigo que corria. Preferiu, então, desviar a atenção do homem. Foi tudo questão de segundos.

Firmou sua arma novamente e gritou, com toda a força, sem perder a pontaria:

– Seu desgraçado! Atire em mim se for homem…

O atirador virou-se na direção de onde partia o grito e disparou. O tiro, sem a pontaria necessária, se perdeu no vazio. Adolfo percebeu que ele ia atirar novamente e acionou sua arma, atingindo-o de raspão. Ficou claro que não queria matá-lo. No entanto, mesmo baleado, o atirador fez mais um disparo, atingindo Adolfo na altura da coxa. Ele, então, não teve outra alternativa senão disparar um tiro que desta vez foi certeiro, pondo fim à vida do atirador.

Danilo, ao escutar o primeiro disparo, percebera o perigo que corria e se jogara ao chão, gritando para Amigão deitar-se também. Só ergueu a cabeça ao ouvir seu Adolfo chamá-lo.

– Pode se levantar, meu jovem! O perigo já passou! – Adolfo gritava, mantendo a calma, embora sentisse muita dor.

Andando com dificuldade, veio ao encontro de Danilo.

– Você está bem? – O caçador preocupava-se com o menino, esforçando-se para não demonstrar que sentia muita dor.

– Sim… e o senhor? – Danilo tremia, transtornado.

– Ossos do ofício! – Adolfo sorriu. Passando a mão na cabeça do garoto, consolou-o. – Pronto, pronto, o pior já passou… Fique aqui com o leão que vou verificar quem ameaçava vocês.

– Mas o senhor está muito machucado… – Danilo, ainda assustado, queria ajudar Adolfo, mas não sabia o que fazer.

– É verdade, mas preciso tirar uma dúvida. Acho que sei quem os ameaçava… – ele disse mais para si do que para seu interlocutor.

Logo depois retornava para junto de Danilo.

– Era quem eu suspeitava… Infelizmente, está morto. – Adolfo suspirou, abatido. Em seguida, sentou-se ao lado do garoto.

– Como assim? O senhor o conhecia?

– Conhecia… O nome dele era Tranquilino… – o caçador, que se demonstrava angustiado com o desfecho da ação, elevou a perna, apoiando-a em uma pedra.

– O que vai fazer? – Danilo viu Adolfo tirar uma faca de sua bota.

– Vou improvisar um tamponamento para estancar o sangue…

– Quer que o ajude? – Danilo prontificou-se.

– Sim, por favor, corte a perna da calça de fora a fora. – Adolfo pediu e continuou. – Ele era um caçador frustrado. Nós tínhamos um grupo de amigos e de vez em quando caçávamos juntos…

– Está bom assim? – Danilo improvisou uma tira com o pano da calça de Adolfo.

– Está ótimo. Assim eu pressiono a ferida, e estanco essa hemorragia...

– O senhor caçava junto com ele? – Danilo surpreendeu-se.

– Sim, e numa dessas caçadas ele estava de tocaia, à espera de uma onça e, na hora agá, ele tremeu, errando o tiro. Em vez de manter a calma e disparar um segundo tiro, ele saiu correndo. Eu tinha a pintada na minha linha de fogo e a fulminei...

– Que sujeito medroso! – Danilo considerou.

– Foi assim que ele ficou conhecido, como um medroso e covarde. Foi expulso da turma e se tornou um frustrado...

– Mas que mal eu ou o Amigão fez para ele? – Danilo não conseguia entender aonde o caçador queria chegar.

– Nenhum, certamente ele queria caçar seu leão para provar para si mesmo que ainda era capaz de enfrentar um animal selvagem frente a frente...

E Adolfo comentou que, desde que soubera que a casa de Danilo tinha sido invadida, já relacionara Tranquilino ao caso, pois tinha quase certeza de que ele era o culpado.

– Mas por que ele queria roubar o Amigão?

– É fácil deduzir que ele roubaria seu leão, e o soltaria num descampado desses para caçá-lo.

– Que bandido! – Danilo afagou Amigão.

– E pensar que se chamava Tranquilino, hein? – Adolfo sorriu sem graça.

34 | Mais complicações

– Pronto, a hemorragia parou, mas não vou conseguir caminhar. Vá buscar ajuda! – Adolfo mantinha a perna apoiada na pedra.

– Mas quem eu posso encontrar por aqui? – Danilo olhava em volta, sem ver nenhuma casa por perto.

– Indo reto nesta direção – o homem apontou um caminho a seguir –, você vai dar na casa de um roceiro chamado Quim. Diga pra ele vir me socorrer…

– E se ele não acreditar em mim? – Danilo estava receoso.

– Diga que é o Adolfo da sucuri, que eu estou precisando de ajuda…

– Adolfo da Sucuri? É o seu sobrenome? – o menino espantou-se.

– Não, não… É que um dia eu matei uma sucuri, salvando a vida do filho dele. Ele me deve essa…

– Antes de ir buscar socorro, quero dizer uma coisa pro senhor – Danilo estava meio sem jeito. – Desde o dia em que o senhor foi lá em casa, sempre guardei uma ideia errada a seu respeito. Obrigado por ter salvado a minha vida… – o garoto sorriu, estendendo a mão em cumprimento.

– Não precisa agradecer. Na verdade, eu salvei a minha vida também! – Ele apertou a mão de Danilo.

– Vamos, Amigão! Vamos depressa!… – Danilo começou a correr. Estava cansado, pés doloridos, mas era preciso achar ajuda rapidamente.

Assim que descobriu a casa indicada pelo caçador, ele ordenou:

– Amigão, fique aqui nesta moita. Eu vou lá, encontro o conhecido do seu Adolfo, explico a situação, depois te chamo...

Amigão parecia entender tudo o que Danilo dizia, porque estacou perto da moita, enquanto o garoto se aproximava da casa.

Ela parecia deserta. Nem uma janela aberta, nada! Apenas algumas roupas no varal davam a certeza de que era habitada.

– Na soleira da porta, ele gritou:

– Seu Quim! Ô, seu Quim!

– O Quim não tá! Foi caçar... – uma mulher respondeu, sem abrir a porta.

– E quem é a senhora?

– Sou mulher dele!

– É que tem um amigo dele ferido lá em cima, o seu Adolfo...

– O Quim não tem nenhum amigo com esse nome. – A mulher, que ouvira os tiros, olhava por uma fresta da janela, estranhando a presença de um garoto da cidade ali.

– Ele mandou dizer que é o Adolfo da sucuri... Se não me engano, certa vez ele já salvou o filho da senhora...

– Adolfo? Sucuri? – A mulher se esforçava para lembrar.

– Isso mesmo, dona! Adolfo da sucuri! – Danilo torcia para que ela se recordasse.

– Ah, agora eu me lembro, sim! Mas o Quim tá caçando...

– Será que ele vai demorar?

– Ah, faz tempo que eles saíram. Já devem tá chegando…

– A senhora não pode ir comigo até lá? – Danilo estava preocupado. Não contava com a ausência do roceiro.

– Eu tenho problema na coluna. Mal consigo andar aqui dentro… – Criando confiança, a mulher resolveu abrir a porta. – Espera um cadinho que ele já vem…

– Tá bom, senhora! Eu espero! – e Danilo sentou-se num banquinho do lado de fora da casa.

– Você me parece que não come faz tempo… – A mulher o analisava, enquanto punha roupa no varal, deslocando-se com certa dificuldade. – Quer uma sopinha de feijão? É comida de pobre, não vá botar reparo…

– Quero sim, dona! Eu adoro sopa de feijão! – Danilo, até aquele momento, não pensara no seu estômago vazio. Na verdade, ele detestava sopa de qualquer tipo. Mas, com a fome que estava, comeria até pedras, se alguém lhe servisse temperadas.

– Senta aqui na cozinha, que vou botar um prato pra você…

Faminto, ele não quis nem colher. Pegou o prato com as duas mãos e foi engolindo a sopa, em grandes goles.

– Esfomeado, hein? – a mulher observou, servindo mais.

Danilo não respondeu. Retomou a operação "engole sopa" com voracidade. Quando estava no meio da pratada, escutou um grito que vinha de fora.

– Um leão, pai! Naquela moita! Vai atacar a mãe lá dentro de casa…

– Amigão, corre, corre! – Danilo largou o prato e gritou, dando um pulo, já disparando porta afora, ganhando o mato.

Em seu encalço, vinham o roceiro Quim e seu filho, que nem pararam em casa para saber o que ele estava fazendo lá dentro. Na certa tomaram-no por um ladrãozinho qualquer.

– Para, maldito! Para senão eu te queimo, seu ladrão de galinhas! – o roceiro gritava, atirando com sua espingarda.

Parar? Pra quê? Pra levar chumbo? Era melhor tentar sair dali, depressa, depressa…

Correndo desesperadamente, Danilo e Amigão fugiam rápido, àquela altura protegidos pelo lusco-fusco da tarde. Mas pai e filho estavam descansados; vinham cada vez mais perto.

Já não adiantava correr mais. À frente de Danilo havia um rio, grande, enorme.

– O que eu faço agora? – Danilo não queria pular no rio, deixando o amigo para trás.

A indecisão do garoto foi suficiente para que ele se visse em apuros maiores. Um tiro de espingarda partiu e, acertando-o, projetou-o de encontro às águas.

Caindo dentro do rio, Danilo viu o mundo se transformar em bolhas pequeninas, pequeninas, milhares delas ao seu redor. Depois, não viu mais nada.

35 | Más notícias para Ludmila

Quando percebeu que Danilo não aparecera no colégio, naquela manhã, Ludmila ficou preocupada.

– Cadê o Danilo, Batatinha? – a garota procurava por ele no recreio.

– Não sei, Ludmila! Ontem fiquei de ir à casa dele, para buscar um livro, mas acabou não dando.

– Será que o Danilo está doente?

– Acho que não… Ainda ontem ele estava legal!…

– Se você souber de alguma coisa, você me avisa? – a menina combinou com o amigo.

– Claro! Pode deixar!

Mais tarde, Batatinha ligou para casa de Danilo, onde ficou sabendo da situação. Em seguida, telefonou para avisar Ludmila.

– Ludi, eu não tenho boas notícias do Danilo… – Batatinha não achava jeito de contar à garota o que acontecera.

– O que houve com ele, Batatinha?

– Bem… É chato te contar, mas…

– Ande logo! Não enrole…

– Sabe o que é, Ludi, o Danilo fugiu com o Amigão…

– Fugiu? Como, pra onde, com quem? – a garota estava aflita, não queria acreditar. – Você quer parar de brincar comigo, Batatinha?

– Não é brincadeira! Ele fugiu, levando o Amigão. Eu falei agora mesmo com a dona Ilídia e ela me disse que, ontem à noite, ele soltou o leão da corrente e os dois foram embora.

– Mas para onde?

– Ela disse que ele e o Amigão foram vistos entrando na mata, lá perto do seminário… Um tal de seu Adolfo foi tentar encontrá-lo, junto com a polícia, mas até agora à tarde ninguém ainda tinha uma resposta…

– Meu Deus! Tomara que ele não se machuque… Tadinho, deve estar precisando de ajuda. – A garota estava chorosa.

– Imagino que sim!

– Precisamos fazer alguma coisa!

– Que coisa, Ludi?

– Sei lá, mas precisamos fazer…

– Tudo bem! Precisamos fazer, sim! Não se desespere! Se você tiver uma ideia, me ligue.

Desligando o telefone, a menina ficou imaginando Danilo perdido no mato fechado, arranhando-se em espinhos, ao alcance de cobras venenosas, de bichos perigosos.

– O que houve, filhinha? – Sua mãe aproximou-se, preocupada com o que ouvira daquele telefonema.

– É o Danilo, mamãe! Ele fugiu de casa e deve estar perdido na mata…

– Mas como foi isso, Ludi?

– Depois eu conto, agora vou telefonar para a casa dele para saber se eles têm alguma notícia.

36   Rezem para ele não ter morrido

À noite, naquele mesmo dia, o delegado Batistussi foi informado de que havia um homem morto e um ferido em um dos sítios às margens do rio Pardo.

– Vamos embora, Bidão e Totinha! – doutor Batistussi ordenou. Os investigadores entraram na viatura, partindo atrás do carro do delegado.

– O caso do menino fujão está se complicando, hein? – Bidão comentou com Totinha, assim que entraram na viatura.

Quando os dois carros chegaram ao pequeno sítio, os policiais foram encontrar Adolfo deitado numa cama, gemendo de dor.

– Quem são vocês? – o caçador perguntou, ao ver que os homens entravam no quarto onde estava.

– Somos da polícia…

– Ainda bem que chegaram. Não estou mais aguentando de dor. A mulher do Quim fez umas compressas, me deu umas ervas, mas a dor não passa. Preciso ser medicado…

– Fique calmo, que vamos levá-lo para um hospital. Antes, me diga onde está o garoto e o corpo do homem que você baleou. – O doutor Batistussi tomava as primeiras providências policiais.

– Foi em legítima defesa, doutor! – Adolfo, gemendo, justificava-se. – Tranquilino ia matar o leão e o menino…

– E o garoto, onde está?

– Ele veio procurar ajuda aqui na casa do velho Quim, mas… – E Adolfo olhou para Quim.

– Mas…?

– Bem, seu delegado, foi o seguinte… – Quim tomou a palavra – Eu e o Ezequiel, meu filho, a gente tava voltando de uma caçada, quando ele viu um leão na moita aí perto da porta da cozinha e…

Quim, constrangido por estar na presença de uma autoridade, explicava nervosamente o que havia acontecido.

Falou do leão na moita, da perseguição, do suposto ladrão, do tiro, do menino caindo no rio...

– Rezem para ele não ter morrido, ou vocês estarão enrascados. – O delegado não esperava que aquilo pudesse terminar tão mal. – E onde está o corpo do outro homem?

– Tá lá em cima. Ezequiel tá lá, guardando o corpo dele... – Quim apontou a direção.

– Vamos até lá, Totinha! Bidão, leve Adolfo para o hospital – o delegado ordenou aos investigadores.

37 Batatinha até se esquece da franja

Enquanto esses acontecimentos se desenrolavam no sítio às margens do rio Pardo, na casa de Danilo a tristeza era grande. Naquela noite, alheios aos fatos, seus pais, Taís e Ilídia, que ainda estava por lá, aguardavam notícias.

Durante o dia, um repórter de um jornal de Ribeirão Preto, que soubera do ocorrido, esteve entrevistando a família do garoto. Por outro lado, muitos amigos telefonaram, uns curiosos, outros querendo ajudar, mas sem nada poderem fazer.

Agora, à noite, os pais de Danilo e sua irmã estavam sentados na sala, exaustos.

– E pensar que amanhã poderia ser um dia tão feliz para nós aqui em casa, hein? – Jurema fingia assistir à televisão, mas sem prestar atenção no que via.

João, ao lado da esposa, estava mudo. Aguardava um telefonema do delegado, de Adolfo, de alguém que pudesse lhes dizer onde estava seu filho.

Taís, preocupada com o sumiço do irmão, já sentia saudades dele, de Amigão, das estripulias.

– Ai, Nossa Senhora! Que não aconteça nada de mal com o meu Branco!… – Ilídia, na cozinha, rezava com fervor.

Longe dali, na casa de Batatinha, a preocupação não era diferente. O melhor amigo de Danilo não se concentrava nas tarefas que tinha para fazer. A todo momento se distraía, pensando onde o companheiro havia se escondido. Bastava o telefone tocar, lá ia ele correndo para a sala.

– Alguma notícia, mãe? – perguntava, ansioso.

– Não, filho! – Sua mãe sentia quanto ele estava tristonho. – Quando for uma novidade sobre o Danilo, serei a primeira a ir correndo contar para você. Fique calmo…

– Calmo? Como ficar calmo quando meu melhor amigo deve estar em apuros…

– Quem falou que ele está em apuros?

– Sei lá, mãe! Alguma coisa me diz que ele não está numa boa…

– Vai ver ele está dando risada, muito alegre e feliz, e você está aí, borocoxô, com essa franja que vive caindo na testa. Já falei pra você mandar o barbeiro cortar direito esse cabelo…

Quem estava muito chateada, também, era Ludmila. Ali, deitadinha em sua cama, ela só pensava no garoto, tentando afastar as ideias sombrias.

38 | Danilo está morto?

Assim que chegou à cidade, o doutor Batistussi tinha uma difícil missão a cumprir: informar aos pais do garoto a respeito de seu paradeiro.

Jurema, ao vê-lo, disparou:

— Doutor Batistussi! O senhor encontrou meu filho?

— Dona Jurema, a senhora precisa ser forte... Eu tenho notícias sobre ele, mas... — O delegado procurava a maneira menos traumática para revelar o que sabia. Constrangido ao ver o desespero de dona Jurema, sentou-se no sofá indicado por João, que também viera recebê-lo.

— Seja franco conosco, delegado! Estamos prontos para tudo... — João, tentando manter-se calmo, deixava o delegado um pouco mais à vontade.

— Seu Adolfo o encontrou, mas... — e o delegado pôs o casal a par do encontro de Danilo com Adolfo, os tiros trocados entre o caçador e Tranquilino, a perseguição na casa do velho Quim, a fuga, o tiro, a queda no rio...

— Há esperanças, doutor? — Tentando confortá-la, João abraçava a esposa, que explodia num pranto doloroso. Mas ele esforçava-se para não chorar também.

— Lamento muito não ter a resposta definitiva, mas é preciso nos agarrarmos à ideia de que há esperanças. Eu já comuniquei ao Corpo de Bombeiros. Eles estão iniciando as buscas...

39 Pescadores amigos

Quando Danilo caiu no rio, na tarde daquele dia, dois pescadores, bem mais abaixo, estavam com a canoa parada no rio, não muito longe da margem, naquela espera pachorrenta de quem adora pescar.

Haviam passado a tarde toda ali e já pensavam em suspender a pescaria, quando um deles, um homem de seus vinte e poucos anos, disse ao mais velho:

— Pai, olha, vindo em nossa direção…

— Será uma capivara? Ou uma anta, André? — O homem não tinha certeza, por causa da distância e da pouca luz, mas percebeu que se tratava de um animal grande.

— Estranho é que ele nada decidido…

— Só faltava você me dizer que é um leão!

— Vai ver, pode até ser…

— Você vive com leão na cabeça, André! Só porque trabalha com animais vê leão em todo canto. Tem lá cabimento encontrar um leão no rio, bem aqui? — Nico, este era o nome do pai de André, até gracejou.

— Tá bom, pai! Devo estar enganado, mas lá vem ele…

— Seja que bicho for, parece que carrega alguma presa, não sei… — o velho pescador chamou a atenção do filho.

— Minha nossa! É um leão carregando um corpo humano! E tenta manter a cabeça dele fora da água… — André observou melhor. — Vamos nos aproximar! É alguém que precisa de ajuda!

– Vamos sim! Mas é melhor não ligar o motor, para não espantá-lo. Tome o remo, rápido!

– Tá vendo, pai! Não falei que era um leão? – André sorriu.

– Acho perigoso a gente se aproximar muito. – Nico estava cauteloso.

– Não é não! Leão dentro d'água não ataca ninguém... E depois, ele está tentando salvar, em vez de atacar...

– Isso é verdade! Pronto, estamos mais perto!... – O pescador remava com destreza.

– É um garoto, pai! – André divisou melhor a pessoa que o leão salvava. – Se o leão o tivesse matado, estaria abocanhando o corpo, não puxando-o pela camisa, tá vendo?

– É mesmo, você tem razão! – Nico parara de remar, enquanto André se preparava para retirar o garoto da água.

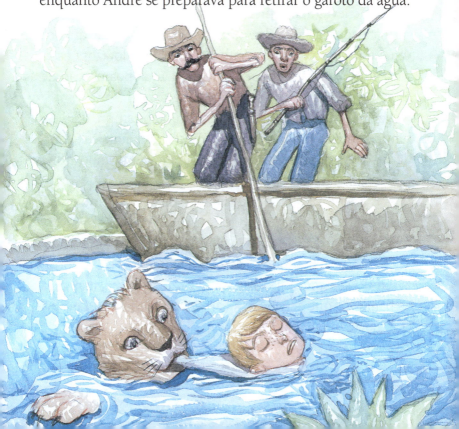

40 Onde estou?

– Acho bom pegar a caminhonete e levá-lo a um hospital. – Nico era de opinião que deveriam procurar socorro imediatamente.

– Não, pai! Ele está muito debilitado para ser transportado. Eu tenho material para fazer um curativo no ombro dele. A bala não penetrou muito, acho até que dá para extraí-la… – André ponderava que deveriam deixar para deslocar o garoto na manhã seguinte.

– Então vamos levá-lo para dentro!

– Isso, vamos deitá-lo na minha cama. Mais devagar, pai! Ele é leve, mas é preciso cuidado…

Instalado na cama de André, medicado por ele, que fez um eficiente curativo no ombro ferido, Danilo agora estava seguro. Amigão, depois de receber uma boa porção de comida, ficou na porta do quarto, alerta.

Velaram o sono de Danilo por um bom tempo, conversando sobre o que poderia ter acontecido com ele. Quando resolveram se recolher, perceberam que Danilo tinha um sono agitado.

– É a febre! Pode ser até que ele delire um pouco… – André antecipava o que poderia acontecer.

No sono, Danilo sonhava com seus perseguidores.

"Bandidos, bandidos, Espora Dourada!", ele gritava, avisando seu parceiro, disparando seu revólver, matando os bandidos que cercavam a carroça onde estavam Ludmila e Carol, indefesas donzelas.

Da boleia do veículo, ele fazia seu revólver cuspir fogo sem parar.

"Tome, Tranquilino! Bam! Tome, Quim! Bam! Vou matar todos vocês!"

No delírio, Danilo ria. Em seguida, Batatinha convidava-o para irem combater os bandidos na selva. Aí ele virava Tarzã, deslocando-se rapidamente, montado em seu leão guerreiro, matando sucuris, elefantes, hipopótamos, sendo perseguido pelos selvagens, mas ao final acabando com todos eles. Em outro momento, estava já na escola, todos perguntando sobre seu braço ferido, alguns mais curiosos tocando-o, cutucando a ferida…

– Ai, ai, meu braço! – ele gritou forte, acordando assustado, sentando-se na cama.

– Dói muito, não? – Nico estava a seu lado.

– Onde estou? Cadê o Batatinha? Cadê o Espora Dourada? Onde estão meus amigos? Eles foram mortos pelos bandidos?… – Danilo começou a chorar.

– Calma, calma! Ninguém morreu. Você estava delirando, tendo um sonho ruim… – André fez com que ele se deitasse novamente.

– Delirando? Onde estou?

– Está num rancho, às margens do rio Pardo.

– Vocês não vão mais me fazer mal, vão? – Danilo ainda estava confuso.

– Ninguém vai te fazer mal… Fique calmo. E trate de dormir, que amanhã conversaremos.

Na manhã seguinte, quando Danilo acordou, o sol já estava alto. Nico pensou em levá-lo embora, mas André era de opinião que ele ainda precisava de cuidados.

– Onde eu estou?

– Num hotel cinco estrelas, com direito a um farto café da manhã… – André brincou, entrando no quarto com uma bandeja em que trazia café, pão e frutas.

– E aí, sobreviveu? – Nico sorriu, aproximando-se também.

– Quem são vocês? – Danilo entendeu que poderia confiar naqueles estranhos.

– Eu sou André, e este é Antônio, meu pai!

– Pode me chamar de Nico, garotão! E você, quem é você?

– Meu nome é Danilo.

– Pois então, Danilo, conte para nós o que houve com você ontem…

41 | Falando sem parar

Sem saber que seus pais estavam desesperados, tentando agarrar-se no último fio de esperança que lhes restava, Danilo sentou-se na cama e, ainda dolorido, antes de contar suas aventuras, quis saber do seu companheiro.

– Cadê o Amigão? – ele não conseguia vê-lo à porta, onde o animal estivera a noite toda de guarda.

– Seu leão, você quer dizer? Está aqui. Aliás, você deve sua vida a ele, viu? – Nico apontou Amigão, que estava atento, esperando ser solicitado.

– Como assim?... Amigão! Amigão! Vem! Vem! – Danilo chamou-o, querendo abraçá-lo. No entanto, o braço estava apoiado em uma tipoia, o que o impossibilitou de fazer um carinho.

– É melhor você não mexer o braço. O curativo ainda está muito recente. – André aconselhou.

– Ele o salvou. Apareceu transportando você, que estava sem sentidos... Aliás, garotão, o que você fazia por essas bandas? Por que atiraram em você? – o pai de André perguntou.

– Atiraram em mim, eu caí no rio e aí eu não vi mais nada... – Danilo respondeu com a voz chorosa, emocionado.

– Mas, antes de você ser baleado, o que houve? – Nico queria saber os detalhes.

– Eu estou fugindo com o Amigão porque querem me separar dele... – E Danilo contou toda a história da fuga e por que motivo fora parar ali.

– Que aventura, hein? O Batatinha nem vai acreditar... – André provocou, sabendo que seria bom se ele pudesse falar, esvaziar toda aquela tensão guardada.

– Batatinha? Como você sabe dele? – Danilo sentiu-se como quem é pego em flagrante.

– Ontem, você teve pesadelos e falou em vários nomes. Em Ludmila, Ilídia, e no Batatinha! É seu outro grande amigão, né?

– Ludmila é uma colega da escola que... – Danilo calou-se, ficando sem graça.

– Você tá a fim dela, né? – Ele percebeu que Danilo havia se emocionado.

– Mais ou menos… – o garoto enrubesceu e mudou de conversa. – E Ilídia é uma senhora que trabalha em casa praticamente desde que nasci…

– E o Batatinha é seu amigo.

– É, ele é amigão do peito mesmo! A gente, um dia, estava brincando de mocinho na linha do trem e foi aí que… – Danilo então disparou a falar sem parar, contando em minúcias como encontrou o leãozinho, o ciúme de Batatinha, a dificuldade em escondê-lo em casa, a cumplicidade de Ilídia, a implicância das vizinhas e as aventuras que o trouxeram até ali.

– Situações que não são brincadeira, mas realidade, não é mesmo? – André conduzia a conversa, sabendo aonde queria chegar.

– Se foi… Bota verdade nisso. – Danilo fez uma leve careta de dor.

42 Uma tal de opinião pública

– Está doendo o ombro?

– Não, foi só uma pontada…

– Que bom! Logo você irá pra casa… Quer dizer, se não quiser continuar fugindo… Aliás, você já teve tempo de pensar por que isso tudo aconteceu? – André pretendia fazê-lo refletir sobre sua opção em fugir.

– Por que eu fugi com o Amigão? Oras! Eu fugi porque eles queriam me separar dele…

– E quanto tempo você acha que vai ficar sustentando essa situação, fugindo sem parar?

– Sei lá, até eles... eles aceitarem o Amigão... – A pergunta deixara-o sem resposta.

– Danilo, não se iluda. Deixe-me explicar uma coisa a você. Existe um negócio chamado opinião pública, que...

– O que é isso? – o garoto não sabia mesmo do que se tratava.

– Opinião pública é o pensamento geral da população. Quando o povo está a favor ou contra uma coisa, não adianta argumentar, bater o pé, dizer o contrário...

– Essa tal de opinião pública está contra o Amigão? – Danilo já desconfiava da resposta.

– Está.

– Como você sabe?

– Leia isto. – E André estendeu um exemplar de um jornal de Ribeirão Preto.

Pegando o jornal, Danilo se espantou com a manchete: "LEÃO SOLTO PÕE EM PERIGO A POPULAÇÃO"

Logo abaixo, uma foto do Amigão, tirada em uma tarde de muito sol, em sua casa, não havia muito tempo.

– Mas este aqui é o Amigão e este sou eu! – ele estava espantado por se ver no jornal. – Como eles conseguiram esta foto?

– Jornalista vive de notícias, não é mesmo? Certamente ele foi lá, entrevistou seus pais, vizinhos, e publicou a foto e o depoimento deles. Leia e você vai entender – André sugeriu.

Lendo avidamente a notícia no jornal, Danilo ficou sabendo que sua atitude, fugindo com Amigão, só trouxera transstornos à família: a mãe estava desesperada; o pai não sabia mais onde procurar; Taís, sua irmã, também estava em prantos; seus amigos, com medo de que algo terrível tivesse acontecido com ele.

A matéria ainda falava dos ladrões presos, que confessaram ter sido atacados pelo leão no seminário; abordava o relato dos policiais, que depunha contra sua atitude agressiva; indagava a respeito do sumiço do caçador Adolfo, que até o fechamento da edição do jornal não retornara à cidade.

– Não falam aqui que Tranquilino tentou matar o seu Adolfo, eu e o Amigão. Não contam também que fui baleado quando procurava ajuda para seu Adolfo, que quase morri afogado, que o Amigão me salvou… – Danilo estava indignado.

– A reportagem foi feita ontem, e o redator deu as informações que ele conseguiu, ou seja, apenas do seu sumiço. Quando você voltar, poderá completar a história. Mas sabe o que pode ficar na memória das pessoas? Poderá ficar que você infringe as leis ambientais, insistindo em criar um animal selvagem em casa, e que só pelo capricho de ter um leão põe em risco a segurança de todos, prejudicando o convívio com os vizinhos e a paz na sua casa…

43 Resolução difícil

– Você acha que é tudo isso? – Danilo, que até então só tinha um pensamento, o de fugir a qualquer custo, começava a refletir se sua atitude não teria sido muito egoísta.

– Acho, garoto! Mas a decisão é sua. Pense um pouco nesse outro ponto de vista, depois conversamos. Agora eu e meu pai temos que ajudar o vizinho a consertar a cerca do sítio dele... Aqui não tem muito o que se fazer, e se quiser ligar a televisão para se distrair, fique à vontade.

André afastou-se da casa e Danilo ficou sozinho. Releu a notícia do jornal e ficou pensando em todos os acontecimentos. Por mais que procurasse uma saída, não a encontrava. Se voltasse, perderia o Amigão. Se continuasse fugindo, sua família sofreria com sua ausência. Para desanuviar seus pensamentos, ligou a televisão de forma automática.

Estava passando um filme de faroeste. Danilo estava tão absorto em seus pensamentos que nem se interessou pelas ações dos mocinhos. Só prestou atenção no que via quando a emissora interrompeu a programação normal para dar uma notícia em edição extraordinária.

Em seguida, o espanto: o repórter dizia que a família do menino desaparecido no rio Pardo estava inconformada com o sumiço do garoto. Em seguida, entrevistava o comandante do Corpo de Bombeiros. Na tela, o oficial afirmava que as buscas continuariam por um longo trecho do rio, como já estava sendo feito. O repórter terminou a edição extraordinária com uma pergunta que deixou Danilo nervoso. Seria possível que o menino tivesse sido atacado pelo leão? Um policial encerrou o bloco, afirmando que nada estava descartado.

O menino estava assustado e com raiva. Como podiam pensar isso do Amigão? Pois ele é que o salvara...

Queria sair à procura de André, mas desistiu. Uma pontada no ombro o fez aquietar-se. O rapaz estava longe, e o que ele diria? Que André tinha razão? Que a tal opinião pública e a televisão tinham razão? Que todos tinham razão, menos ele?

Quando André e Nico retornaram, Danilo desejou contar sobre a notícia na televisão, mas calou-se.

– André, você acha mesmo que fui egoísta, só pensando em mim? – ele perguntou de chofre.

– Continuo achando, Danilo! Acho que você está fugindo não para proteger o Amigão, mas está fugindo de uma decisão que só você pode tomar. Eu e o meu pai já discutimos se devíamos levá-lo embora para casa, se devíamos avisar seus pais, mas entendemos que a decisão é sua. Se quiser continuar fugindo com o Amigão, tudo bem! Se quiser retornar, estamos dispostos a levá-lo e…

– Mas, se eu voltar, eles vão tirar o Amigão de mim e... – Danilo estava confuso.

– É pegar ou largar. Realmente, voltar com o Amigão é perdê-lo para sempre. Isso porque as autoridades vão ter que decidir o que fazer com ele. E a decisão é deles, não sua.

– Então não tem solução… – Danilo desesperava-se.

– Tem sim. E é aí que eu queria chegar. Tenho uma solução melhor do que ver o seu leão ir parar atrás das jaulas de um circo mambembe ou ser enviado para muito longe… – André fez uma pausa, pretendendo convencer Danilo de que essa era, na verdade, a única solução.

— E qual é?

— Ainda não te falei, mas sou veterinário do Bosque Municipal, o zoológico de Ribeirão Preto. Se o Amigão fosse para lá, constantemente você poderia ir visitá-lo.

— Mas meu pai uma vez me disse que ninguém aceita leão porque...

— Isso é verdade. A proporção é de um ou dois leões para um bom número de leoas. Acontece que no Bosque havia apenas um leão, o Juruba, que morreu no mês passado. Estamos até em entendimentos com o Simba Safári, de São Paulo, que fechou suas portas e está disponibilizando alguns espécimes, para conseguirmos um leão. Se você topar, o Amigão fica no lugar do Juruba.

— Mas eu não quero isso... — Danilo foi sincero.

— O que você quer? Que o Amigão termine seus dias em um circo, ou que termine em uma jaula apertada, num parquinho de uma cidadezinha qualquer?

— Isso também não!

— Pense rápido porque temos pouco tempo. Meu pai queria levar você ontem mesmo para um hospital. Consegui retê-lo aqui. Pensei no seu leão, na sua afinidade por ele; sabia que, levando você, o leão teria que ser entregue às autoridades. Não quis tomar essa atitude, pensando em seu bem! Hoje cedo ele já leu essa notícia no jornal que o vizinho do nosso rancho trouxe da cidade. Das duas, uma: ou você continua fugindo, o que não vai adiantar muito porque a história já deve estar saindo até na televisão...

– Já saiu. E falaram tudo errado. O repórter até mencionou a possibilidade de o leão ter me atacado... – Danilo entendia que André tinha mesmo razão.

– É o que te digo. Ou você foge e o Amigão é capturado na primeira curva da estrada, ou você aceita essa proposta. Porque sem o Amigão você vai ficar mesmo... É pegar ou largar, Danilo! – André jogava duro, era inflexível, mas sabia que aquela era a melhor solução.

– Confio em você, André! Em você e no seu pai. Afinal, vocês salvaram a minha vida. Mas aceito a proposta com uma condição.

– Qual? – André queria ouvi-lo.

– Dá para ir com o Amigão direto para esse zoológico?

– Claro que dá. E até entendo o que você está pensando. Se for para sua casa, o leão vai ser capturado, e aí você não terá mais escolha sobre o paradeiro dele.

André estava satisfeito por aquela decisão ser tomada racional, e não emocionalmente.

– Mas o zoológico aceitaria o Amigão assim, sem maiores problemas?

– Aceitam, eu já telefonei para eles...

– Já? Mas... – Danilo sentia-se um pouco traído.

– A bateria do meu celular tinha descarregado, e quando eu falei que ia ajudar o vizinho, na verdade fui ligar para a diretoria... Sei que você pode ficar chateado por isso, mas precisamos economizar tempo...

– Tá, entendi! – Danilo concordava.

– É assim que se fala! – André levantou-se. – Vou avisar meu pai da sua decisão.

44 | **Vou sentir saudades de você**

Colocar o Amigão na carroceria da caminhonete de Nico não foi difícil. Bastou Danilo pedir que ele, de um salto, obedeceu imediatamente.

– Venha, garotão! – Nico, já sentado à direção do veículo, indicou ao menino o lugar a seu lado.

– Se o senhor não se importa, queria ir lá atrás, com o Amigão. – Danilo queria ficar o máximo de tempo com seu animal.

– Não acho bom, Danilo! – André interveio. – Lá atrás balança muito. O seu ferimento pode piorar. Depois, é proibido viajar na carroceria e…

– Mais uma proibição? – Danilo fez uma carinha tão chorosa que André não conseguiu fazer prevalecer a lei.

– Eu só queria me despedir dele devagarzinho… Por favor!

– Então vá! – O rapaz entendia que era inútil roubar-lhe estes últimos momentos junto do companheiro de aventuras.

– Aqui vou eu, Amigão! – Danilo, por causa do braço na tipoia, subiu com dificuldade na carroceria da caminhonete, precisando da ajuda de André.

– Garotão, fique sempre sentado, tá? – Nico ligou a ignição e o veículo começou a se deslocar vagarosamente. Procurava, assim, evitar os buracos da estradinha de chão batido. Já na rodovia asfaltada, ia devagar. Certamente para que o vento não incomodasse o garoto, mas muito mais para adiar a despedida dos dois.

Realmente, Danilo ia quietinho, junto de Amigão, curtindo cada segundo, cada minuto. Ia em silêncio, sem precisar falar, sem precisar traduzir em palavras o aperto que sentia no coração.

Com a cabeça de Amigão apoiada em seu colo, ele repassava a história daquela amizade desde o começo. Como se tivesse acionado o rebobinador de um vídeo, as imagens iam se sucedendo, rápidas. Em uma cena, ele e Batatinha brincavam de mocinho na linha do trem. Em outra, ele escondendo o leãozinho no quarto de bagunça. Em seguida, Amigão mordendo um sapato novo de seu pai… E depois os dois brincando no quintal, alegres, amigos!

Quando, finalmente, chegaram ao Bosque Municipal, Danilo estava com os olhos vermelhos.

— Força, garoto! Seja forte! — André veio ajudá-lo a descer da caminhonete.

— É o vento! Ventava muito… — ele arrumou uma desculpa.

— Não precisa justificar. Eu sei que é difícil pra você… — O rapaz também se emocionava.

— Me dá mais cinco minutos? Depois eu desço com o Amigão… — Era difícil para Danilo desfazer-se do seu animal de estimação.

— Claro! Enquanto isso, eu vou avisar o pessoal que o Amigão chegou.

— Você não quer telefonar pra casa? — Nico sugeriu.

– Queria, mas o Amigão... tenho pouco tempo com ele... – Danilo estava confuso.

– Tá, fique aí na caminhonete com ele. Qual o número do telefone da sua casa? Eu falo com seus pais...

Danilo forneceu o número do telefone e voltou suas atenções para o animal.

– Amigão, tá na hora da gente... se despedir... Você sabe que... Bem... Você salvou a minha vida e eu nunca vou me esquecer disso porque... – tomado pela emoção, não conseguiu segurar o choro. Enquanto falava com o animal, as lágrimas escorriam devagar pelo seu rosto.

Amigão parecia entender aquelas palavras. Tanto que, por duas ou três vezes, lambeu o rosto do menino.

– Tá na hora de você finalmente encontrar uma família, entende? Olha, eu tentei mesmo ficar com você, mas nós, os humanos, somos complicados, né?... Vou sentir saudades! – Danilo abaixou a cabeça, envolvendo o leão num longo abraço. Não conseguindo segurar a emoção, explodiu num soluço forte.

45   Uma família para Amigão

Quando o telefone tocou na casa de Danilo, o pai levantou-se rapidamente do sofá. Alguma coisa lhe dizia que aquela ligação traria boas notícias.

– Alô, eu queria falar com o pai do Danilo.

– Aqui é o João, pai dele. Quem fala, por favor?

– Meu nome é Antônio, mas pode me chamar de Nico. Eu tenho um sítio na beira do rio Pardo e estou telefonando para dar boas notícias do Danilo, seu filho!

– O senhor o encontrou? Como ele está? – Ladeado já por Jurema, o homem nem conseguia respirar direito de tanta emoção.

– Ele está vivinho da silva! – Nico tentava acalmar o pai de Danilo.

– Alô, o senhor encontrou meu filho? Ele está bem? Onde ele está? – Jurema, num ímpeto, tomou o aparelho da mão do marido.

– Digamos que estou a caminho da sua casa, senhora! Em pouco tempo estaremos aí. Fique tranquila!

– Eu quero falar com ele! – a mãe chorava de alegria.

– Agora não é possível, porque ele está se despedindo do Amigão!

– Como assim?

– Senhora, depois eu conto, quando estiver aí, todos os detalhes de como o encontramos. O importante neste momento é que ele está vivo, passando muito bem...

– Deixa eu falar agora, Jurema... – João queria descobrir onde Danilo estava.

– Seu João, vamos chegar aí, não se preocupe. Volto a dizer que o Danilo está muito bem... – Nico não queria revelar que estavam no zoológico de Ribeirão Preto, respeitando o momento da despedida de Danilo e Amigão.

Ao desligar o telefone, Nico sorria feliz.

– E aí, pai, telefonou? Ficaram mais calmos agora? – O filho veio ao seu encontro.

– Ficaram felicíssimos. Fizeram a maior festa quando eu disse que Danilo estava vivo.

– Que bom! Vamos falar com ele. O pessoal já está providenciando tudo para receber o Amigão. Só falta...

– Que há? Você está meio inseguro. Parece preocupado com alguma coisa... O que é que falta?

– Estou mesmo preocupado, pai! Esse é um momento delicado. Amigão pode não ser aceito pelas leoas...

– Isso é possível, é?

– Claro. Ele não pertence ao grupo... As fêmeas podem rejeitá-lo... Vamos ver...

Ao se aproximarem da caminhonete, Danilo estava pronto para se separar de Amigão. Nico contou ao garoto que falara com seus pais e André falou-lhe da sua preocupação.

– Mas se elas não o aceitarem... – Danilo nem queria pensar em outra alternativa.

– Só vamos saber quando se encontrarem. – O veterinário jogava claro. – Vem, deixa eu ajudar você a descer da caminhonete...

Quando chegaram à cerca que separava a área reservada para os leões, André procurou conter o menino:

– Vamos parar aqui, Danilo. Daqui pra frente é com ele...

– Amigão, vá! – O garoto passou a mão no dorso do animal, incentivando-o a seguir adiante. – Ande, vá! Vá conhecer sua nova família...

Amigão ficou ainda um pouco indeciso, sem saber se obedecia ou se ficava ali, junto ao dono.

Não demorou muito, no entanto, viu uma leoa que se aproximava. Era o chamado de sua raça, o chamado de sua espécie. Caminhou um pouco, olhando para trás, mas logo se decidiu, indo ao encontro dela e das outras leoas. Quando chegou perto, parou, receoso. Uma das fêmeas, então, aproximou-se com cautela, farejando o novo companheiro, numa espécie de ritual de reconhecimento. Primeiro cheirou seu focinho, depois seus flancos, as patas traseiras, o sexo, numa inspeção minuciosa. Amigão parecia gostar daquela quase cerimônia de iniciação. Quando terminou o reconhecimento, ele rugiu forte pela primeira vez. No meio das feras, que o rodearam, o rei da selva acabava de ser aceito pelas companheiras da espécie.

– Pronto! O que eu temia não aconteceu. Amigão foi aceito. É um deles agora...

– Vamos voltar, André! Eu também tenho uma família para encontrar...

– É assim que se fala, garotão! Assim que se fala... – Nico passou-lhe a mão na cabeça, num gesto de aprovação.

46 Você não sabe que dia é hoje?

Já estava escurecendo quando saíram do zoológico. Danilo, desta vez, ia na boleia da caminhonete, entre os seus dois mais novos amigos.

– A história do Amigão até que terminou bem. – Nico procurava assunto para quebrar o silêncio.

– A minha é que ainda não terminou… – Danilo estava preocupado.

– E como você acha que ela vai terminar?

– Não sei, seu Nico. Estou com um pouco de medo. Sei lá como meus pais vão reagir…

– Você imagina que vai levar a maior surra e os vizinhos vão dar gargalhadas? – André riu gostoso.

– Sei lá… – o menino também riu, constrangido. – Vocês prometem entrar comigo, explicar que…

– Fique tranquilo, garotão! Já conversei com seu pai. Ele vai recebê-lo muito bem.

Quando chegaram à casa, já era noite. Danilo ia com o coraçãozinho na mão, preocupado com o desfecho da volta.

Assim que pararam em frente à casa, estava tudo escuro. Parecia que todos dormiam. Ao estacionar a caminhonete, Nico ainda disse:

– Que estranho! Parece que não há ninguém… Você tem certeza de que mora aqui nesta rua?

– O senhor tem certeza de que falou com meu pai por telefone? – O garoto rebateu.

– Falei…

– Talvez já estejam dormindo. Afinal, faz dois dias que seus pais não dormem… – André arriscou.

– É verdade, coitados! – Danilo concordava, enquanto descia.

Ele caminhou para o portão de sua casa. Estava fechado à chave. Apertou a campainha. André e Nico ficariam esperando, até que alguém atendesse.

De repente, a porta da frente se abriu, as luzes se acenderam, e muitos amigos começaram a sair da casa.

A primeira pessoa que correu para abraçá-lo foi Ludmila.

– Que bom que você voltou! Eu... estava muito preocupada! – Ela o abraçava forte, emocionada.

– Eu também senti saudades de você! – Danilo retribuía o abraço, confuso por ver tanta gente ali reunida.

– Cadê o seu leão? – alguém perguntou.

– Ele está bem. Arrumamos uma nova família para ele...

– Você não sabe que dia é hoje, Cavaleiro Intrépido? – Batatinha o saudou.

– Ho... hoje? Do que você está falando?... – Danilo, atordoado, não sabia o que responder.

– Ho... hoje é dia do seu aniversário! – Batatinha disse imitando o jeito titubeante de Danilo.

Junto dos outros amigos e dos pais do garoto, Taís e Ilídia aguardavam sua vez de poder abraçá-lo.

– Vem ver quem está aqui, filho! – Jurema, enxugando as lágrimas, depois de afagá-lo muito, chamou-o para entrar na casa.

– Ah não, dona Jurema! Antes disso, eu quero afogar esse menino em beijos... – E Ilídia o abraçou carinhosamente.

Na sala, sentado no sofá, um rosto conhecido: o do caçador Adolfo.

– Que bom ver o senhor novamente! – disse Danilo, abraçando o homem que salvara sua vida.

– Ah, meu jovem! Que bom vê-lo com vida. Você nem imagina como torci e esperei por este momento.

Os amigos, então, acompanhados agora de Nico e André, que haviam se juntado ao grupo, cercaram o garoto. Batatinha, para sacramentar aquele momento, puxou um vigoroso "parabéns pra você". Danilo, olhando para todos, ria e chorava ao mesmo tempo.

Quero mais

Como foi viajar por Brotais na companhia de Danilo e Amigão? Se você gostou, saiba que ainda tem mais aventura por aqui.

Nas próximas páginas, passaremos por Ribeirão Preto para conhecer o autor Luiz Puntel. Depois, em um pulo, vamos para a África ver leões de perto. Em Hollywood, animais famosos nos esperam. E mais: fauna brasileira, cuidados com bichos e a aventura nos livros juvenis.

Autor

Quem escreveu esta história?

Luiz Puntel é mineiro, mas desde criança mora em Ribeirão Preto, interior de São Paulo.

Na infância, adorava ler. Para ele, não havia presente melhor que um bom livro. Chegou a ter um caderno só para anotar os títulos das muitas obras que lia. Tanto interesse pelas palavras despertou-lhe o gosto de escrever: ele era um ás em redação. Na adolescência, ganhou um concurso literário na escola.

Mais tarde, pensando em ser padre, chegou a ingressar no seminário, mas desistiu da batina em tempo. Sorte dos leitores.

Hoje, Luiz Puntel é professor de redação e um respeitado autor de livros para jovens. A preocupação social é marcante em suas obras. Puntel foi um dos primeiros escritores brasileiros a lidar com temas difíceis na literatura juvenil, como a vida dos exilados políticos, a luta dos boias-frias e o tráfico de crianças.

Seus livros combinam reflexão e aventura, isto é, oferecem uma leitura consciente e questionadora sem um pingo de chatice.

"É preciso tocar nas feridas e mazelas sociais, mas sem perder de vista a importância do lirismo, do literário."

Luiz Puntel

Autor

Outros sucessos

Os livros mais conhecidos de Luiz Puntel fazem parte da famosa série Vaga-Lume. Conheça alguns deles.

Nos bastidores do livro

A seguir Luiz Puntel revela detalhes sobre *Um leão em família*.

De onde veio a ideia para escrever este livro?
Puntel: Ela surgiu naturalmente. É fruto das minhas lembranças infantis. Lembro-me de que em casa havia um quintal enorme, com direito a criação de galinhas, patos e um eventual peru para as festas natalinas. Eu me baseei nesse lugar para criar o quintal da casa do Danilo.

E como surgiu o leão?
Puntel: Em Ribeirão Preto há dois times de futebol, o Botafogo e o Comercial. O símbolo do Comercial é justamente um leão. Em dia de jogo, era comum um amigo meu entrar no gramado com o mascote do time, um leão de verdade. Sem dúvida que Amigão é um pouco desse animal que conheci.

Meninos sem pátria

No final dos anos 1960, Marcão e sua família são obrigados a deixar o Brasil e viver a árdua experiência do exílio em outros países.

Açúcar amargo

O livro narra as dolorosas experiências de Marta. Depois de ser expulsa com a família da terra onde trabalhava, ela conhece a dura vida de boia-fria.

Tráfico de anjos

Aquiles, um repórter de TV, investiga o sequestro e comércio de recém-nascidos e envolve-se com a irmã de um dos bebês desaparecidos.

Missão no Oriente

Mônica vai para o Japão trabalhar e conhecer a cultura de seus antepassados. Antes de partir ela recebe de seu pai uma missão que poderá mudar seus planos e fazê-la amadurecer.

Leão

O rei da selva

Há muitos séculos, os leões ocupavam extensos territórios da África, Ásia e Europa. Porém, caçados pelos homens, eles acabaram sendo extintos na maior parte dessas áreas. Hoje, são encontrados em seu hábitat natural apenas na África – especialmente no Quênia e na Tanzânia – e, em pequeno número, no sudoeste asiático.

Nesses lugares, o leão vive em bandos. Cada grupo tem cerca de trinta animais, dos quais somente um ou dois são machos adultos. Os filhotes machos ficam com suas mães até os três anos. Depois disso, são expulsos do grupo e vivem sozinhos até ficarem adultos, quando já estão preparados para competir pela liderança de um outro bando. Nessa fase, seu tamanho chega a 2,5 metros.

O porte e a força do leão renderam-lhe o título de "rei da selva". Porém, ele não é o grande predador sanguinário que se imagina. O macho passa a maior parte do tempo dormindo e, normalmente, são as leoas do bando que lhe trazem a caça. Só depois de saciar sua fome é que o rei deixa as fêmeas e os filhotes se alimentarem.

Apesar de não ser nativo da China, o leão foi incorporado à cultura desse país há muitos séculos. A dança do leão é uma tradição que traz sorte e riqueza àqueles que a assistem.

Leões fantásticos

Os homens sempre admiraram a imponência do leão. Por isso, ele aparece em figuras mitológicas de muitas civilizações. A esfinge, por exemplo, é um monstro da mitologia grega com cabeça de mulher e corpo de leão, que lançava enigmas aos viajantes que encontrava; quem não soubesse a resposta era devorado. Outro mito grego que usa o felino como referência é a quimera: um animal com cabeça de leão, corpo de cabra e cauda de serpente.

Você sabia?

A juba só começa a crescer nos leões a partir dos dois anos de idade. Essa imponente cabeleira (que vai da cabeça até metade do dorso) é característica exclusiva dos machos e apresenta variação de cores entre a espécie. São mais frequentes o castanho escuro e o loiro avermelhado. A cor da juba muda também conforme a idade do leão. Quanto mais velho ele for, mais escura será essa pelagem.

Conheça mais sobre os leões	
Nome científico	*Panthera leo*
Hábitos alimentares	carnívoro
Comprimento	2,50 m (machos) 1,70 m (fêmeas)
Peso	200 kg (machos) 150 kg (fêmeas)
Período de gestação	de 100 a 120 dias
Filhotes por ninhada	de 2 a 3

Ecologia

Tráfico de animais

Você já pensou em fazer como Danilo e criar um animal selvagem em casa? Parece emocionante ter um bicho diferente, não é mesmo? Mas o que pode ser um sonho para você é um grande pesadelo para o animal.

Retirar um bicho selvagem do lugar onde ele vive (bosques, praias, florestas etc.) e levá-lo para a cidade é proibido por lei. Apesar disso, essa prática sempre foi muito comum no Brasil. Hoje, o tráfico de animais é uma das principais causas da extinção de muitas espécies de nossa fauna.

Os animais contrabandeados sofrem muito desde o momento da captura. Pouquíssimos sobrevivem e chegam ao seu destino final. Durante a viagem, eles costumam ser confinados em gaiolas e jaulas inadequadas para seu tamanho.

Alguns traficantes os anestesiam para que pareçam dóceis aos compradores, mas quando o efeito da droga passa, os bichos voltam ao seu estado selvagem e podem atacar seus novos donos.

Ajudando o meio ambiente

Para denunciar qualquer crime ecológico, você pode ligar para 0800-61-8080. Esta é a Linha Verde, um serviço oferecido pelo Ibama. A ligação é gratuita para qualquer lugar do Brasil.

Um crime histórico

Desde o tempo do Descobrimento, o Brasil vê sua fauna ser dizimada pelo tráfico de animais. Na época da colonização, os portugueses levavam milhares de espécimes selvagens em suas caravelas para serem vendidos na Europa. Aves tropicais eram a mercadoria preferida, especialmente para adornar os chapéus dos nobres.

Você sabia?

Cerca de cem espécies de animais desaparecem todos os dias de nosso planeta. A informação é do PNUMA (Programa das Nações Unidas para o Meio Ambiente).

O mico-leão-dourado e a arara-azul são espécies típicas da fauna brasileira que entraram em extinção devido ao comércio ilegal de animais.

Bichos

Bichos de estimação

A história de Danilo mostrou que ter um leão em casa não é nada fácil. Bem menos complicado é criar um animal domesticado, como um cachorro ou um gato. Quem já tem um, sabe que ele pode ser um amigo, mas também significa uma grande responsabilidade, pois requer muita atenção e cuidados.

Se você planeja adotar um animal, é necessário conversar com sua família e pensar muito bem sobre o assunto antes. Faça a si mesmo perguntas como: "há espaço suficiente em nossa casa para um animal?", "será que podemos arcar com todos os gastos, como comida e vacinas?", "teremos tempo para nos dedicar a ele?". Outra dica importante: procure pessoas que tenham o animal que você deseja e pergunte sobre o dia a dia dele. Tire todas as suas dúvidas antes da adoção.

Depois da chegada de seu novo amigo, é preciso levá-lo a um veterinário para receber orientações sobre vacinação, alimentação e higiene.

Proporcionar uma alimentação saudável ao seu bicho de estimação também é um gesto de carinho.

Vira-latas

Cães, gatos e outros animais domésticos podem ser comprados em lojas especializadas ou junto a criadores. Mas se você resolveu adotar um bichinho que encontrou na rua, o chamado vira-lata, é preciso tomar muito cuidado. Animais abandonados podem ter contraído muitas doenças. Por isso, a primeira medida é levá-lo a um veterinário para um exame rigoroso.

Hora da boia!

É muito importante observar a alimentação de seu bichinho. As exigências nutricionais dele são muito diferentes da sua. Portanto, evite dar restos de comida. É melhor usar uma ração adequada, que traz a ele muito mais benefícios. A má alimentação pode danificar os pelos e os ossos de cães e gatos, além de causar obesidade, problemas digestivos e renais.

Você sabia?

No Brasil existem cerca de 25 milhões de cães e 11 milhões de gatos. No Sudeste é onde mais existem bichos de estimação: 43% dos animais domésticos brasileiros estão nessa região.

coleção
QUERO LER
Suplemento de Atividades

editora ática

UM LEÃO EM FAMÍLIA • Luiz Puntel

Conviver é sempre um desafio. Relacionar-se com alguém, seja com a gente mesmo ou com outra pessoa, exige uma boa dose de tolerância e de respeito. E o que dizer quando a convivência envolve um leão na família? Vamos pensar um pouco mais sobre a aventura de Danilo e Amigão, seu animal de estimação.

a Bertin e Vera Marchezi.

Nome: ....

Ano: .... Ensino: ....

Escola: ....

....

3. Depois de completar o quadro, responda: por que você acha que a convivência com o leão tornou-se um problema para Danilo e sua família?

....

....

....

....

■ **CONVIVENDO COM O MUNDO: FAMÍLIA, VIZINHANÇA E OPINIÃO PÚBLICA**

4. "**Opinião pública** é o pensamento geral da população. Quando o povo está a favor ou contra uma coisa, não adianta argumentar, bater o pé, dizer o contrário..." (p. 113)

A opinião pública influenciou na permanência de Amigão na casa de Danilo?

....

....

....

(   ) Esconder o leão e não comunicar à família.

(   ) Fugir de casa para proteger Amigão.

(   ) Recusar a ajuda dos policiais e falar palavrões.

(   ) Envolver Dona Ilídia em seus segredos sobre Amigão.

(   ) Escrever toda sua raiva no caderno de redações.

7. Agora que você concordou ou discordou das ações de Danilo, explique as suas razões para tal escolha.

....

....

....

....

....

....

5. Danilo conheceu a força da opinião pública sobre suas decisões. Você concorda com aqueles que pressionaram Danilo a se separar de Amigão? Por quê?

....

....

....

....

....

6. No decorrer da história, Danilo toma várias decisões que são consideradas certas por alguns e erradas por outros personagens.
Depois de analisar algumas atitudes de Danilo que são mencionadas a seguir, coloque (C) para as que você considera certas e (E) para aquelas que você julga erradas.

Na história que você acabou de ler, um leão quebrou a rotina de uma família e até de uma cidade inteira.

Mas outros fatos, até bem mais comuns, que acontecem de repente também podem mudar a vida de muita gente. Pense em algum episódio que poderia transformar a rotina do dia a dia de sua família: a visita de um parente chato, uma viagem cheia de problemas, uma mudança de casa em que tudo dá errado...

Depois, preencha o espaço na frase abaixo, formando um título para uma história:

"Socorro, um(a) _____ em (na) família!"

Agora que você já pensou em uma situação e até criou um título para sua história, mãos à obra! Escreva em seu caderno uma narrativa curta ou uma notícia sobre o fato que você inventou. Bom trabalho!

2

■ CONVIVENDO CONSIGO MESMO

I. Danilo tinha um esconderijo, que chamava de "cemitério":

"Era nesse quartinho que ele guardava sua bicicleta velha, seu *skate*, sua coleção de tampinhas de refrigerante que se transformavam em barras de ouro, bolas velhas, quinquilharias mesmo" (p. 16-17).

Esse trecho descreve o lugar em que Danilo guardava seus segredos, brinquedos e até sua bagunça. E você, tem um lugar assim? Se tiver, descreva-o; caso contrário, imagine como gostaria que ele fosse.

....

....

....

....

....

....

....

■ CONVIVENDO COM UM AMIGO

2. "De uma convivência festiva, alegre, cheia de novidades, a vida com Amigão (...) tornou-se uma convivência problemática" (p. 57)

No livro aparecem ações de Danilo e de Amigão que mostram bem essas duas maneiras de convivência entre eles. Procure se lembrar de algumas delas para completar o quadro abaixo.

Convivência festiva	Convivência problemática
Danilo	Amigão

1

Bichos

Animais famosos

A relação entre seres humanos e bichos já rendeu muitas histórias. Uma das mais antigas é a lenda dos gêmeos Rômulo e Remo, considerados os fundadores da cidade de Roma. Segundo consta, ao nascerem, os dois irmãos foram abandonados no rio Tibre e salvos por uma loba, que os amamentou e os protegeu.

Essa história foi também vivida por Mowgli, personagem de *O livro da selva* (1894), do escritor inglês Rudyard Kipling. Na aventura, o menino indiano também é adotado por lobos. A obra ficou tão conhecida que inspirou vários filmes e virou até desenho animado.

No cinema, a convivência entre homens e animais gerou outras grandes produções. Os cães Rin-tin-tin e Lassie viraram grandes estrelas de Hollywood ao protagonizarem filmes nos quais mostravam coragem e extrema dedicação aos donos. Outro caso de amizade no mundo cinematográfico foi o do selvagem Tarzã e sua inseparável chimpanzé Chita. E não para por aí: o golfinho Flipper, a orca Willy e o porquinho Babe foram outros animais que fizeram amigos dentro e fora das telas.

A escultura que representa a lenda de Rômulo e Remo está exposta no Capitólio, em Roma. O governo italiano presenteou Brasília com uma réplica dessa obra. As duas cidades fazem aniversário no mesmo dia: 21 de abril.

Você sabia?

Lassie não era uma cadela, mas um collie *macho chamado Pal, que estreou sua carreira em 1938. Depois dele, outros oito cães (todos machos e descendentes de Pal) "interpretaram" o papel da corajosa cadela no cinema.*

A estrela do filme *Free Willy* foi a orca Keiko. Na história, um garoto de doze anos ajuda a orca a fugir de um parque aquático e voltar a viver livre no oceano.

Livros de aventura

Mestres da emoção

Na história de Danilo você encontrou de tudo: mocinho, bandido, fuga, suspense, perseguição, risco de vida e até romance. Uma mistura de tirar o fôlego!

Temas como esses estão presentes em muitos livros de aventura, gênero favorito entre os jovens.

No Brasil, muitos autores se especializaram em contar esse tipo de história, que cativa o leitor da primeira à última página.

Marcos Rey foi o pioneiro dos livros policiais para o público juvenil. Suas obras vêm conquistando uma legião de leitores há mais de 20 anos. Entre os muitos sucessos de sua carreira, destacam-se *O rapto do garoto de ouro*, *O mistério do cinco estrelas* e *Um cadáver ouve rádio*.

Lúcia Machado de Almeida ganhou destaque com as fantásticas aventuras do personagem Xisto e com o romance policial *O escaravelho do diabo*.

Os autores João Carlos Marinho e Pedro Bandeira também escrevem obras que fazem grande sucesso entre a garotada.

Vaga-Lume

Criada na década de 1970, a série Vaga-Lume foi um marco dos livros de aventura no Brasil, e ficou conhecida por trazer obras eletrizantes de suspense e ação protagonizadas por personagens adolescentes. Marcos Rey, Luiz Puntel e Lúcia Machado de Almeida escreveram muitos livros para a série, que ainda hoje mantém o sucesso de público, totalizando mais de noventa títulos publicados.